Jeu de "mentueurs"

Du même auteur :

Le chat Slave

La fourchette à "gâteux"

Le verre solitaire

GILBERT-HENRI MAUNOIR

Jeu de

"mentueurs"

Édition : BoD · Books on Demand GmbH, In de Tarpen 42,

22848 Norderstedt (Allemagne)

Impression : Libri Plureos GmbH, Friedensallee 273,

22763 Hamburg (Allemagne)

Illustration : Générée par IA sur cnava.com

ISBN : 978-2-3224-9814-7

Dépôt légal : Novembre 2024

PRÉAMBULE

Petits conseils aux lecteurs.

En m'accompagnant dans cette nouvelle enquête, apprêtez-vous à découvrir ce qui s'est passé dans ce petit village aux maisons grises des Yvelines, lors de la finale de la coupe du monde de football entre la France et l'Argentine. Soyez prêts à vivre une passionnante aventure, à voir des paysages à couper le souffle, à côtoyer des superhéros, à être ébahis par du suspense insoutenable, à rencontrer un Viking, à grelotter de froid, à faire la connaissance d'un sosie de l'idole des jeunes, à goûter des boissons inconnues, à côtoyer la communauté gay et à être témoin de revirements de situations inimaginables.

Contrairement à ce que vous allez penser en lisant cette histoire, ce n'est qu'une pure fiction. Les personnages, les noms et les situations sont sortis par je ne sais quel miracle ou quelle malédiction de mon imagination et toute ressemblance avec des personnes, des lieux ou des situations seraient d'une extraordinaire coïncidence.

Chapitre 1

Le soleil se levait doucement sur la campagne, allongeant indéfiniment les ombres des arbres qui bordaient la route à intervalles réguliers, créant ainsi l'image d'une longue échelle qui me conduisait échelon après échelon vers ma destination. Il était rare pour moi d'être aussi matinal mais c'était pour répondre à l'appel téléphonique totalement inattendu d'hier soir que je me retrouvais aussi tôt sur les routes.

En voyant le numéro de ma grand-mère, qui ne me téléphone quasiment jamais, s'afficher sur l'écran de mon smartphone, je crus qu'il s'était passé quelque chose de grave pour qu'elle me contacte le soir de Noël en plein réveillon. Non, en fin de compte, il ne lui était rien arrivé, ce n'était que pour me demander, ou tout au moins pour m'ordonner de venir tôt le lendemain matin, afin de rencontrer son amie pour discuter d'une "affaire urgente", soulignant au passage que peut-être, mon nouveau métier

de détective privé allait enfin pouvoir servir à quelque chose.

Cette "affaire urgente" dont elle n'avait pas voulu me donner de détails m'avait intrigué, c'est pourquoi dès potron-minet et malgré une courte nuit et une légère gueule de bois, Léon, mon fidèle compagnon canin et moi-même avions sauté dans notre antique Clio, pour rejoindre ce petit coin reculé des Yvelines où mes grands-parents avaient toujours vécu.

Après avoir traversé quelques espaces boisés et de grandes étendues de champs somnolents attendant le retour de l'été avec impatience pour retrouver les couleurs chaleureuses des épis de céréales dont la région était grande productrice, j'aperçus enfin au loin le clocher tant attendu.

Avant d'atteindre le centre du village, il fallait passer devant un quartier récemment construit à l'entrée du bourg que les anciens du coin nommaient avec dédain "Chez les Parisiens".

Des promoteurs avaient créé aux abords de ce petit bourg francilien un grand lotissement pour y loger ceux qui fuyaient les grandes villes des alentours et leurs banlieues bruyantes. Des dizaines de maisons identiques étaient bâties les unes à côté des autres le long d'un reptile bitumeux serpentant dans la résidence jusqu'à se mordre la queue. Toits de tuiles rouges et crépi beige étaient de rigueur pour ces nouvelles constructions, couleurs qui contrastaient avec celles des vieilles bâtisses du centre du village qui exhibaient tristement des façades grises des plus lugubres. Ces récentes ventes à l'entrée du village de terres agricoles de la région devenues constructibles, par on ne sait quelle magouille politicienne, avaient provoqué une hausse conséquente du prix des terrains aux alentours et créé quelques tensions entre les habitants.

Arrivé dans le vieux village, je me faufilai dans les ruelles étroites sous les lumières multicolores et clignotantes des décorations de Noël qui égayaient les rues sombres, avant d'être remplacées par la lumière du jour qui tardait à venir en cette saison. Tous les ans c'était la même chose, l'ordre était donné à tous de s'amuser et d'oublier petits ou gros soucis et d'accrocher un sourire béat de convenance.

Pour ma part, j'aimais bien cette période conventionnelle d'obligation festive, je trouvais que les gens étaient plus avenants et engageaient plus facilement la conversation, faisant oublier la morosité et le froid de la fin de l'année.

En m'adressant à Léon couché tout en long sur la banquette arrière :

— Nous voilà bientôt arrivés mon bonhomme, comme d'habitude, je vais te laisser dans la voiture, tu sais bien que la grand-mère n'aime pas les chiens.

À entendre les ronflements venant de la banquette arrière, pas sûr qu'il m'ait entendu.

Parler à mon chien comme à un humain faisait rire certains, mais ceux qui ont des animaux de compagnie me comprennent et c'était devenu une habitude, je le faisais machinalement.

La maison était au centre du village et dans ce dédale de rues étroites, la prudence était de mise. À l'arrivée, il fallait manœuvrer avec précision pour passer sous un antique porche, sans accrocher une aile ou un pare-chocs afin d'accéder à sa petite cour. D'aussi loin que remontent mes premiers souvenirs d'enfant, où, endimanchés, nous arrivions avec la Renault Fuego de mes parents, rien n'avait changé ici. Dans cet endroit ceinturé de murs qui ne voyaient le soleil qu'à midi pétant, le sol aux pavés inégaux et glissants nous accueillait joyeusement en faisant tressauter les amortisseurs, nous secouant comme un cocktail dans un shaker, ce qui m'amusait quand j'étais un enfant mais déplaisait beaucoup à mes lombaires d'aujourd'hui.

Les murs qui nous entouraient étaient toujours aussi gris et seule la porte de la maison qui avait, depuis la nuit des temps, la même teinte bleu roi délavé apportait un peu de couleur à ce triste lieu clos. À peine avais-je mis un pied hors de ma voiture que déjà la porte de la maison s'ouvrait sur ma grand-mère, qui me jeta un regard noir. C'était une grande femme maigre qui, depuis la mort de grand-père, s'habillait en gris-noir ce qui faisait encore plus ressortir la pâleur de sa peau de porcelaine, la rendant de ce fait encore plus lugubre. Elle avait un visage sévère et avec l'âge, ses joues s'étaient creusées, renforçant encore plus l'austérité de ses traits. Déjà elle nous faisait peur quand nous étions gamins, je n'ose imaginer la réaction des enfants maintenant quand ils la voient pour la première fois.

Dès que je fus entièrement sorti de ma voiture, elle me lança.

— Encore en retard, que vas-tu trouver comme excuse ce coup-ci ?

C'est vrai qu'elle m'avait demandé d'être là à huit heures trente sans faute et que je devais avoir dix bonnes minutes de retard sur l'heure imposée, mais elle était comme cela grand-mère, intraitable. De mémoire, je ne l'avais jamais vu sourire ni donner un compliment à qui que ce soit, mais elle était plus réputée pour son bœuf en daube que pour sa gentillesse. Malgré tout, ses enfants et petits-enfants accouraient à la moindre de ses demandes.

Je lui répondis :

— Bonjour, grand-mère, oui je vais bien, merci de le demander et à mon tour de te demander si tu as passé un bon réveillon de Noël ?

Comme à son habitude, elle passa outre ma question teintée d'ironie.

— Laisse ton sale chien dans ta voiture, je ne veux pas de ça chez moi et dépêche-toi d'entrer, nous t'attendons depuis un bout de temps et le café va être froid.

Je lui fis deux bises sur ses joues creuses, une sur chaque joue comme veut la coutume de notre région puis, longeant le long couloir de l'entrée, je la suivis dans la cuisine où nous attendait une femme d'un âge certain. À notre arrivée, celle-ci se leva de sa chaise, mais avant même qu'elle n'eût le temps d'ouvrir la bouche pour me saluer, grand-mère la devança et fit les présentations.

— Je te présente Germaine, qui est une des rares personnes qui soit sympathique dans ce village, elle vient papoter avec moi tous les jours en fin de matinée avant d'aller nous acheter le pain, je me sens moins seule comme cela puisque je suis délaissée par ma famille.

L'allusion à la famille qui ne venait que rarement la voir, c'était cadeau, rien que pour moi.

Elle continua en s'adressant à Germaine.

— Voici mon neveu Gil, qui est détective privé comme je te l'ai dit. Il a abandonné son vrai métier pour se lancer sans aucune expérience dans cette aventure grotesque d'enquêteur, nous l'avons prévenu que c'était une bêtise mais les enfants sont comme cela maintenant, ils n'en font qu'à leur tête.

Je lui répondis amer :

— Merci grand-mère de ces sympathiques présentations très valorisantes.

Elle enchaîna tout en me désignant une de ses vieilles chaises de bois bancales semblables à celles que l'on trouve maintenant exclusivement dans les brocantes ou les vide-greniers.

— Assieds-toi, je vais te servir un bon café et elle empoigna son antique cafetière.

Je m'exécutai, imité par Germaine qui se rassit sans un mot en attendant la fin du service.

Je regardai ma grand-mère verser dans un de ses vieux verres Duralex le café qu'elle avait fait comme à son habitude "à l'ancienne", préparé dans une vieille cafetière à l'italienne en aluminium dépoli. Ce breuvage, elle en préparait à longueur de journée et pour cela, une bouilloire restait à demeure sur sa vieille cuisinière pour garder l'eau bien au chaud et sa boîte de café en fer blanc était toujours prête pour verser quelques cuillerées d'arabica dans la vieille chaussette filtrante. Il n'était pas terrible, son breuvage fait de café moulu bon marché dans lequel elle rajoutait en douce une bonne dose de chicorée mais au moins il était toujours chaud et on pouvait en boire des litres sans aucun effet de nervosité.

Je les regardai toutes les deux, vêtues quasiment à l'identique. Il n'y a pas que dans les campagnes de province que l'on pouvait rencontrer des vieux habillés tristement, ici aussi en Île-de-France dans les petits villages, les habits gris et noirs étaient de rigueur pour une partie du troisième âge.

Elle déposa devant moi le verre brûlant de son sombre mélange et remplit les deux verres déjà présents sur la table, puis elle s'assit.

— Vas-y Germaine, raconte-lui.

Germaine se tortilla sur son siège, racla sa gorge prête à se lancer, mais avant même qu'un son sorte de sa bouche, grand-mère perdant patience m'expliqua.

— C'est tout simple, son neveu Laurent s'est suicidé chez lui il y a tout juste une semaine et il a été enterré avant-hier. Mais elle ne croit absolument pas à cette version, elle pense que c'est un meurtre, voilà pourquoi elle a besoin d'un détective.

Je lui répondis promptement.

— Ah ! Si c'est une affaire de suicide ou de meurtre, je suis désolé mais je ne sais pas faire. Je ne travaille qu'à résoudre de simples affaires d'animaux disparus, de conjoints volages ou au mieux d'objets volés, il faut que vous cherchiez un autre détective habitué à travailler sur ce genre d'affaires.

— Taratata, ne fais pas ta mijaurée, tu ne verras pas de cadavre si c'est ce qui te fait peur. Et tu te doutes bien que si nous avions pu trouver quelqu'un de plus capable pour mener cette enquête, nous l'aurions sollicité. Non, il ne restait que toi à qui nous pouvions demander cela.

Ma grand-mère était du genre "cash", c'était son style, on aime ou on n'aime pas… pour ma part, je n'aimais pas ! Elle poursuivit.

— Et de toute façon, je lui ai dit que tu ferais cette enquête.

Pas le temps de répondre que Germaine prit aussitôt la parole.

— Je n'ai pas beaucoup d'argent alors j'espère que cela ne sera pas trop cher.

Grand-mère répondit rapidement à ma place.

— Ne t'inquiète pas, il est dans la profession depuis peu, alors il te fera un très bon prix !

Je restai sans voix. En moins de cinq minutes, j'avais compris qu'aux yeux de ma grand-mère je faisais un métier peu valorisant et comme je débutais, je ne devais pas être vraiment compétent, alors elle m'imposait de travailler au rabais, c'est beau la famille !

Après ce léger moment de flottement, j'argumentai.

— De toute manière, c'est impossible de se lancer sur une enquête en ayant juste la conviction d'un parent, sans éléments probants pour prouver que c'est un meurtre plutôt qu'un suicide. Il aurait fallu être là en même temps que la police à la découverte du corps pour voir s'il y avait des éléments susceptibles de lancer une enquête pour un homicide. À présent, le minimum serait de pouvoir avoir en main le rapport de police et les conclusions du médecin légiste, pour se faire une idée. Vous comprenez pourquoi je ne peux pas répondre à votre demande.

Grand-mère se leva, prit une grosse enveloppe qui se trouvait sur le vaisselier derrière elle et la déposa toute fière devant moi.

— Voici une copie du rapport de la gendarmerie sur ce soi-disant suicide avec le rapport du médecin légiste et les photos prises lors de leur enquête.

— Mais comment as-tu eu ces documents ?

— Un des gendarmes est natif du village et il est le fils d'une voisine de Germaine. Quand hier, elle lui a dit qu'un détective allait enquêter sur la mort de son neveu, il a tout de suite proposé de lui faire une copie du dossier d'enquête pour te le donner, car il a participé aux investigations et il trouve qu'elles ont été trop vite abandonnées à cause des festivités qui approchaient.

Je pris les documents d'un air dubitatif, ma grand-mère me lança d'un air narquois.

— Cela t'étonne, pas vrai ? Alors, maintenant que tu as ces documents en main, dis-nous quand tu commences ton enquête.

Je réfléchissais, j'étais partagé entre le fait que je n'avais jamais travaillé sur une affaire avec un cadavre, les enjeux étant trop importants et, de plus, cela semblait être une cause perdue d'avance. Mais d'un autre côté, grand-mère venait de me présenter comme un bras cassé auprès de son amie et il suffisait que je trouve un ou deux éléments nouveaux, même s'ils allaient dans le sens des conclusions de la gendarmerie, pour redorer un peu mon blason, car ma fierté en avait pris un coup.

— J'hésite à m'occuper de votre affaire parce qu'il faut vous dire qu'il n'y a quasiment aucune chance de trouver des indices qui auraient échappé aux enquêteurs de la gendarmerie.

Germaine me répondit :

— Je voudrais vraiment que vous acceptiez. Mon neveu n'était pas homme à se suicider, nous n'étions pas très proches, c'est vrai, mais je le connaissais suffisamment pour douter de cette version de sa mort. S'il a été assassiné, je voudrais bien connaître le nom de son assassin et les raisons qui vont avec.

— Bon, je vais voir ce que je peux faire.

Comme à mon habitude, je sortis mon petit calepin pour noter ce qui me semblait important.

— Bien, pour commencer, à quelle date est-il mort ?

— Le dix-huit décembre, me répondit Germaine.

— Le dix-huit décembre ? Mais c'était le dimanche où il y a eu la finale de la coupe du monde de football au Qatar, entre la France et l'Argentine !

— Oui, mais il n'a été retrouvé que le lendemain, le lundi matin.

Je tentai une improbable approche :

— Il était fan de football ? La France a perdu injustement en finale, cela expliquerait peut-être son geste.

— Pas du tout, il détestait les sports en général, à part la chasse bien sûr.

— Bon, euh … Était-il marié, ou en couple ?

— Non, il vivait seul depuis la mort de sa mère.

— S'il s'est suicidé chez lui, alors la première chose que j'aimerais faire c'est de visiter sa maison. C'est possible ou les scellés sont encore sur la porte ?

— Oui, c'est possible et on y va quand vous voulez. Ils ont enlevé les scellés il y a plusieurs jours et comme je suis sa famille la plus proche, les gendarmes m'ont confié le trousseau de clés qu'ils avaient pris dans la maison.

— Très bien, on peut y aller tout de suite ?

— Oui bien sûr, je cours chez moi prendre le trousseau et je vous retrouve devant la porte de sa maison, dans un quart d'heure. Ça vous va ?

— Oui, cela me laissera un peu de temps pour feuilleter le rapport de gendarmerie.

— Je vais vous indiquer où se trouve la maison.

— Non, pas besoin, grand-mère m'indiquera le chemin pour vous y rejoindre.

— Bien, et elle partit.

Je demandai à grand-mère :

— Tu connaissais bien cette famille ?

— Oui, assez bien. Comme nous, ils sont dans le village depuis des générations, j'ai bien connu les parents de Laurent et lui a été l'un de mes élèves quand j'étais institutrice. Il n'était pas le plus vif d'esprit de la classe mais il était sérieux comme gamin et nous échangions toujours quelques mots quand je le croisais dans le village. Quant à Germaine, je la connais depuis toujours, elle était "dame de service" à la maternelle.

— Nous pourrons continuer cette discussion plus tard, mais il faut que je jette un coup d'œil sur ce rapport avant d'y aller. Si tu veux bien, je repasserai te voir après avoir visité la maison.

— D'accord, de toute façon je ne bouge pas de la journée.

Après avoir consulté brièvement le rapport de la gendarmerie et vu quelques photos, je regardai ma montre.

— Mince, le temps passe vite, c'est le moment de retrouver Germaine. J'y vais grand-mère, à tout à l'heure.

— Mais attends, il faut que je t'indique le chemin pour trouver facilement la maison, je vais te faire un petit plan. Tu verras, c'est tout simple.

Elle sortit d'un tiroir une feuille de papier quadrillé jauni par le temps, qui datait certainement de sa période à l'Éducation nationale. Elle y traça avec application quelques lignes représentant les rues du centre du village, d'une croix elle indiqua l'emplacement de la maison de Laurent et pour terminer, elle écrivit avec soin de sa belle écriture scolaire les noms des rues principales puis me le tendit.

— À partir d'ici tu vois le chemin à prendre ?

Je jetai un œil sur le plan.

— Oui, je vois très bien où c'est, c'est vraiment tout près. Je le mis dans ma poche et sortis, « A tout à l'heure grand-mère ! »

— Tu reviens quand tu veux, je ne bouge pas et je te ferai un bon café.

Je n'étais pas spécialement enthousiaste à l'idée "d'un bon café", mais c'était la boisson imposée dans cette maison.

Chapitre 2

À l'heure prévue, je retrouvai Germaine devant la maison de son neveu qui se trouvait au bout d'une impasse. À mon arrivée, elle ouvrit en grand le portail et je me garai au bout de l'allée face à la maison à côté d'une Peugeot 308 quasi neuve. À la vue des mauvaises herbes, ronces et orties qui avaient depuis longtemps gagné la partie, on se doutait que le jardin était délaissé depuis des lustres. La maison n'était pas mieux, on aurait dit qu'elle était à l'abandon, les enduits étaient devenus gris, un peu partout de grandes toiles d'araignées ondulaient gentiment en toute liberté au gré du vent et la couleur d'origine des volets de bois, des fenêtres et de la porte d'entrée n'était plus qu'un vague souvenir.

— C'est la voiture de votre neveu ? En lui montrant la Peugeot.

— Oui, c'était celle du moment car il était contre-maître dans une équipe qui fait les trois-huit chez un constructeur automobile. Il changeait tous les six mois de voiture et il les revendait en faisant un petit bénéfice.

Elle était plus enjouée que tout à l'heure, il faut dire que ma grand-mère en imposait et forçait inconsciemment tout le monde à la retenue.

— Il est mort la semaine dernière, vous auriez pu faire appel à un détective bien plus tôt, alors pourquoi attendre aussi longtemps ?

— Je ne savais pas à qui m'adresser et prendre un détective privé au hasard ne me convenait pas. C'est quand j'en ai parlé à votre grand-mère qu'elle m'a proposé de vous appeler.

— Vous avez bien toutes les clés de la maison pour y entrer ?

— Ne vous inquiétez pas, je les ai, elle sortit un trousseau de son sac à main et le secoua devant moi.

— Ce sont des clés pour des serrures de haute sécurité on dirait ?

— Oui, dans cette maison, ils ont toujours eu peur d'être cambriolés, c'est mon beau-frère qui avait fait installer de gros verrous anti-effraction.

D'une démarche vigoureuse, elle alla jusqu'à la porte de la maison, ouvrit sans hésiter le verrou du haut, changea de clé, ouvrit la serrure principale et poussa la porte.

— Cela me fait tout drôle, cela fait tellement longtemps que je ne suis pas entrée dans cette maison.

Elle fit quelques pas à l'intérieur, se retourna vers moi et me fit signe de la suivre. J'entrai dans le couloir. Sur le côté, il y avait un petit guéridon poussiéreux surmonté d'un miroir encadré de part et d'autre de patères qui supportaient quelques vêtements. Sous le miroir, un trousseau de clés avec un porte-clefs "Esso" était pendu à un des petits crochets prévus à cet effet.

— C'est le trousseau de clés de Laurent ?

Elle jeta un coup d'œil.

— Oui, c'est le sien, impossible de se tromper avec le porte-clés publicitaire. L'autre trousseau que les gendarmes ont utilisé le temps de leur enquête et qu'ils m'ont redonné appartenait à ma sœur et il devait être lui aussi accroché ici.

Nous avançâmes dans le couloir, le parquet craquait sous nos pas, la maison sentait le vieux et l'humidité avec une odeur âcre indéfinissable qui dominait tout. La maison était assez crasseuse et la saleté avait trouvé refuge le long des plinthes et dans les coins, formant un velouté blanc gris peu ragoûtant nous informant du peu de souci de propreté de son propriétaire. Face à nous, en prolongement du couloir, un escalier montait à l'étage et sur la droite, j'aperçus par une porte entrouverte une grande pièce faisant office de séjour.

En lui désignant l'endroit :

— C'est dans cette pièce qu'il a été découvert ?

— Non, il a été retrouvé dans la cuisine.

— Je vais quand même visiter celle-ci en premier, si cela ne vous dérange pas.

— Non, vous procédez comme vous l'entendez.

J'ouvris en grand la porte et j'entrai. La pièce était meublée simplement avec de vieux meubles, tout était ancien, la décoration, le mobilier, les bibelots, tout était figé dans les années soixante, même la télévision datait de l'époque des tubes cathodiques. Ici aussi, tout était recouvert de poussière et les moutons en troupeaux dans les coins et sous les meubles prospéraient gentiment à l'abri des prédateurs tels que l'aspirateur ou le balai. Il y avait du désordre partout, des vêtements étaient en vrac sur les chaises et sur le canapé, des verres et assiettes plus ou moins propres se trouvaient empilés sur la table à côté de bouteilles de vin et de canettes de bière vides. À proximité du petit canapé qui faisait face à la télévision, il y avait une pile de journaux composée principalement de "Tiercé Magazine" et "Paris-Turf".

Je regardai les quelques photos qui trônaient sur le buffet, une en particulier m'intéressa, elle avait été prise dans la pièce où je me trouvai et l'on y voyait à côté de la table, assise dans le fauteuil toujours présent, une vieille femme au teint gris affichant un sourire figé, une main tenant une coupe à champagne et l'autre posée sur un chat noir couché sur ses genoux.

Derrière elle, un homme à l'air triste se tenait debout, il était grand et bien portant et la photo couleur faisait bien ressortir la rougeur vineuse de son visage. Sur la table, il y avait de nombreuses bouteilles de vin et de mousseux et un gâteau d'anniversaire reconnaissable à ses nombreuses bougies plantées dedans.

Germaine regarda la photo que j'avais en main.

— C'était il y a plus de deux ans maintenant, c'est ma sœur aînée Eugénie, caressant son vieux chat "Mimi" qui ne quittait jamais la maison et que je venais nourrir quand ils partaient en vacances. C'est triste à regarder, cette photo a été prise lors de la dernière réunion de famille que nous avons faite pour ses quatre-vingts ans. Regardez ses joues creuses, elle était déjà bien malade et d'ailleurs elle est morte quelques semaines plus tard et son chat l'a suivie peu de temps après. Vous voyez, le grand gaillard debout derrière elle, c'est son fils Laurent, mon neveu, le soi-disant suicidé.

Je reposai la photo et regardai une autre où Laurent se tenait à côté d'une femme plantureuse qui paraissait avoir à peu près son âge. À mon regard interrogateur, Germaine m'expliqua.

— C'est Christelle, ils sont sortis ensemble après la mort d'Eugénie, cela a duré quelques mois puis d'un coup ils se sont séparés, personne n'a vraiment su pourquoi.

— Il devait en garder des regrets pour conserver cette photo.

— Ça m'étonne, il a dû avoir la flemme de la jeter, regardez autour de vous, il gardait tout et n'importe quoi.

C'est vrai qu'il y avait plein de vieux objets et bibelots indéfinissables, certains étaient même ébréchés et devaient regretter amèrement de ne pas avoir été jetés à temps à la poubelle.

— Elle vivait avec lui avant leur séparation ?

— Non, ils n'ont jamais vécu ensemble, elle habite dans une petite maison de ville au centre du village chez sa mère.

Il y avait deux autres photos du neveu. Une où il était assis sur un tracteur avec une ébauche d'un sourire crispé, il était loin de ressembler à un joyeux drille, et l'autre en train de couper du bois torse nu, laissant voir son ventre bien rebondi.

— Je peux prendre une de ces photos ?

— Oui, bien sûr, prenez celle que vous voulez.

Je choisissais celle où il était sur le tracteur car on le voyait bien de face, je l'enlevai de son cadre et la rangeai dans ma poche. Le buffet étant le seul meuble de rangement, j'ouvris ses portes pour une inspection rapide du contenu. Il y avait d'un côté, un service de vaisselle et quelques plats empilés à la va-comme-je-te-pousse et de l'autre des dossiers suspendus étiquetés "Impôts", "Médical", "Assurances", "Eau/Gaz/EDF", "Factures"… Enfin un endroit qui paraissait être à peu près rangé.

— Bien, je crois que je n'ai plus rien à voir ici, pouvons-nous maintenant aller à l'endroit où le corps de votre neveu a été retrouvé ?

— Oui, suivez-moi dans la cuisine.

Je suivis Germaine qui ouvrit la porte que nous avions laissée sur la gauche. Je fus surpris de ce que je découvris, car contrairement à ce que j'avais vu dans l'autre pièce, ici tout était récent, le carrelage au sol, les murs et le plafond respiraient le neuf, les prises électriques et les robinets brillaient de nouveautés ainsi que les meubles sur mesure de style moderne qui nous entouraient. Un beau combiné lave-linge/sèche-linge était installé dans un coin face à un lave-vaisselle dernier cri, une large plaque à induction et un grand réfrigérateur américain près de la porte complétaient l'électroménager de cette cuisine aménagée.

Je lui dis :

— Tout était en train d'être refait à neuf dans cette cuisine, il y a même les protections sur les inox qui n'ont pas été enlevées et des plaques de prises pas encore installées, vous étiez au courant de ces travaux ?

Germaine paraissait surprise aussi.

— Non, je ne savais pas qu'il y avait des travaux en cours. Comme je vous le disais en arrivant, ça fait un bout de temps que je n'étais pas entrée dans la maison, il me semble même que la dernière fois que je suis venue ici, c'était pour l'enterrement de ma sœur. Il faut dire que depuis son décès, mon neveu et moi, nous ne nous entendions pas trop bien et nous évitions de nous parler. Vous savez, les histoires de famille sont parfois compliquées.

Elle poursuivit :

— Cependant, j'avais bien remarqué sur les photos du rapport de gendarmerie que la cuisine était différente de celle que je connaissais mais je ne pensais pas que tout avait été changé à ce point. Ils ont même déplacé la porte pour pouvoir mettre cet énorme frigo, c'est ce qui m'a surprise tout à l'heure quand je l'ai ouverte.

— Il était à l'aise financièrement votre neveu ?

— Non, pas du tout, il avait pour sûr un très bon salaire mais il dépensait tellement d'argent pour assouvir sa passion du jeu que de temps en temps il tirait le diable par la queue et était obligé d'emprunter pour finir ses fins de mois, enfin, c'est ce qui se dit au village.

— Mais alors, comment a-t-il pu dépenser autant pour des rénovations de cette importance ?

— Cela s'explique facilement. Il y a quelque temps, il a eu la chance de gagner une grosse somme d'argent, ce qui a dû servir pour ces travaux.

— Les gens savaient cela dans le village ?

— Oui, tout le monde était au courant, il ne s'en cachait pas puisqu'il a même payé début novembre, une tournée générale au café des sports pour fêter ça et cet évènement a marqué les esprits, car c'était bien une première ! Cependant, je ne savais pas qu'il l'avait utilisée pour faire des travaux de rénovation dans sa cuisine.

— C'est peut-être en pariant sur des courses de chevaux ? Il y a beaucoup de journaux dans le salon sur ce sujet.

— Oui, peut-être qu'il l'a gagné de cette manière, personne ne le sait de toute façon, il n'a jamais voulu le dire. Il n'y a pas qu'au PMU qu'il jouait, tout y passait, le loto, les jeux de grattage, les paris sportifs, je pense même qu'il devait fréquenter les casinos et les cercles de jeux privés, c'est vous dire. C'était un joueur compulsif, une vraie maladie qu'il avait et sa mère lui disait souvent d'arrêter, mais c'était plus fort que lui.

Je fis du regard le tour de la pièce, ici aussi tout était en désordre, les comptoirs débordaient d'un joli foutoir qui attendait avec impatience la fin du montage des derniers placards pour être enfin rangé, mais qui s'expliquait car plusieurs d'entre eux laissaient entrevoir par leurs portes béantes l'absence d'étagères. De la vaisselle sale remplissait l'évier, espérant le coup d'éponge qui mettrait fin à la colonisation bactérienne qui commençait à colorer d'une teinte verdâtre les assiettes et les fonds de bols. J'en compris rapidement la raison quand j'ouvris le robinet et qu'aucune goutte n'arriva et dans le placard sous l'évier j'eus bientôt la confirmation que la plomberie n'était pas encore branchée. Dans un coin, à côté d'un tas de lettres non ouvertes, étaient entassées quelques boîtes de compléments alimentaires, de vitamines et des petites bouteilles d'huiles essentielles.

Je m'intéressai ensuite à la sinistre scène qui trônait au milieu de la pièce. Il y avait une large mare de sang de couleur marron foncé coagulé au sol et une autre, plus petite, sur la table. Elles dégageaient une odeur qui nous prenait à la gorge, c'était cette émanation déplaisante que nous avions sentie dès que nous étions entrés dans la maison.

Malgré cette vision morbide et l'odeur éprouvante qui allait avec, je sortis vaillamment les photos de l'enveloppe du rapport de gendarmerie et en les juxtaposant à la réalité, je restituai la scène telle que les gendarmes l'avaient découverte.

Sur la photo la plus explicite, on voyait bien Laurent baignant dans son sang, affalé sur la table de cuisine tenant toujours fermement l'arme qu'il avait utilisée pour se donner la mort.

— Avez-vous lu le rapport de gendarmerie et d'autopsie ? demandai-je à Germaine.

— Non, j'ai juste regardé quelques photos vite fait.

— Si vous voulez, je vous dépeins la scène à voix haute telle que mentionnée et vous dis ce qui est noté par le légiste.

— Oui, je veux bien, merci.

Je pris les documents et commença l'exercice.

« Le cadavre a été retrouvé assis sur une chaise de cuisine, le buste reposant sur la table, le bras droit ballant et le bras gauche sur la table tenant toujours dans sa main le pistolet. Sa tête était couchée sur sa joue droite et le trou d'entrée du projectile était bien net sur sa tempe gauche »

En m'adressant à Germaine :

— Il était gaucher ou droitier ?

— Gaucher, pareil à son père, me répondit-elle, anéantissant ce qui aurait pu être un début de piste, étant donné qu'à maintes reprises dans les séries policières dont je suis friand, le meurtrier voulant faire croire à un suicide se trompe de main dominante. Dommage, c'eût été trop simple.

Je continuais à lire.

« Toujours selon le rapport du légiste, l'heure de la mort a été estimée à dix-sept heures trente, plus ou moins une heure, elle a été instantanée et la balle retrouvée provenait bien du pistolet de petit calibre qu'il tenait dans sa main. Le suicide ne fait aucun doute puisqu'une marque de brûlure est clairement visible à l'entrée de la balle et que des traces de poudre étaient bien présentes sur sa main. Le côté droit du crâne d'où était sorti le projectile, présentait un trou béant et l'œil droit avait une ecchymose qui provenait du choc de sa tête sur la table lorsqu'il est tombé raide mort en avant. »

Trouvant plutôt étrange la raison avancée de cet œil au beurre noir, je demandai à Germaine.

— Vous le connaissiez bagarreur ?

— Non, pas du tout, c'était un homme placide.

Je repris,

« Ils ont trouvé qu'il avait un taux d'alcool dans le sang de près de 4 g/l. Le médecin légiste a noté qu'il ne devait pas être vraiment lucide au moment de son geste, même en tenant compte de son poids et de sa corpulence. »

Sollicitant de nouveau Germaine,

— Buvait-il beaucoup ?

— Oui, depuis toujours il se saoulait régulièrement, il faut dire que dans nos campagnes, on a tendance à lever le coude !

Je poursuivis :

« À part la blessure ayant causé la mort, rien d'autre n'a été découvert sur son corps. Les organes étaient sains pour son âge, hormis le foie plus gros que la normale, qui était atteint d'un début de cirrhose et présentait en plus de nombreux nodules indiquant un carcinome hépatocellulaire à un stade très avancé, couramment nommé "cancer primitif du foie". »

Je vis son air étonné à l'énoncé.

— Qu'avez-vous dit ? Ils lui ont trouvé un cancer du foie !

— Oui, c'est bien ça, vous n'étiez pas informé de sa maladie ?

— Non, pas du tout, vous êtes vraiment sûr que c'est ce qui est noté ?

— Oui, regardez, en lui montrant l'endroit sur le document, « c'est dans le rapport d'autopsie, vous voyez, c'est irréfutable. Il ne vous a pas semblé malade ces derniers temps ? »

— Peut-être en y repensant, c'est vrai qu'il avait perdu du poids, mais de là à penser qu'il était atteint d'un cancer, là non, je n'en reviens pas.

Je repris le visionnage des photos et mon monologue.

« Sur le dessus de la table à côté du corps il y avait une grande boîte métallique ouverte contenant un autre pistolet, des balles en vrac, des boîtes de munitions neuves, des chiffons gras et ce qui semblait être un nécessaire de nettoyage avec de petits goupillons, un tube de graisse et une burette d'huile. »

— Vous reconnaissez la boîte en fer blanc sur la photo ?

Elle regarda.

— Non, je ne l'ai jamais vue.

— En voyant le contenu de la boîte, il est possible de penser qu'il nettoyait ses armes, cela expliquerait pourquoi ces pistolets étaient à côté de lui.

— Cela pourrait être un accident alors ?

— Oh non, la trace de brûlure laissée par le coup de feu sur la tempe ne fait aucun doute que l'arme touchait la peau. Vous savez si ces armes lui appartenaient ?

— Oui, je le pense, car je sais qu'il tirait souvent avec des armes à feu dans son jardin, les voisins se sont plaints à de nombreuses reprises auprès de sa mère.

Je rangeai tous les documents consultés dans la grande enveloppe et me mis à regarder plus attentivement l'amoncellement de courrier en attente que j'avais repéré, posé sur un des comptoirs. En inventoriant le tas composé d'innombrables prospectus et publicités pour les supermarchés du coin, je notai qu'il y avait des courriers provenant d'une banque, d'une assurance décès, de son employeur et bien sûr les incontournables factures d'eau et d'électricité. Il y avait aussi, un courrier de celui qui jamais ne nous oublie, qui nous traque et nous matraque, qui nous pompe et nous assomme, qui est insatiable et intraitable, qui est le seul à ne jamais nous oublier et qui nous poursuit au-delà de la mort, tel un nécrophage, je veux parler ... du service des impôts ! En fin de compte, rien que de plus anodin dans ce tas de lettres, déprimant, j'en conviens, mais qui ne justifiait pas de se mettre une balle dans la tête.

Il y avait aussi, posés dans un coin sur le comptoir, quelques devis d'entreprises. Je les consultai et remarquai que des rénovations étaient prévues dans toutes les autres pièces. Je montrai à Germaine les documents.

— Regardez, il avait l'intention d'effectuer d'autres travaux et ce qui a été chiffré par les entreprises concerne la rénovation de toutes les pièces de la maison, il avait dû toucher un sacré paquet d'argent !

Elle examina les documents.

— Cela en a tout l'air, il voulait vraiment tout refaire dans cette vieille maison, puis elle lut plus attentivement chaque feuille s'arrêtant sur les montants inscrits au bas « et vous avez vu, ça représente une sacrée somme au total. » Elle me redonna les papiers. « Engager de tels frais pour rénover une si vieille maison, je n'en reviens pas ! »

Je reposai les courriers où je les avais trouvés et lui demandai :

— Sur le rapport il n'y a rien de mentionné sur la découverte d'une lettre d'explication de son geste. Si c'est un suicide, vous ne trouvez pas cela étrange qu'il n'ait pas donné la raison pour que ses proches puissent le comprendre ?

— Si justement, je suis entièrement d'accord, ce n'est pas normal et c'est bien pourquoi je voulais que quelqu'un fasse une enquête plus fouillée que celle des gendarmes car je sens au fond de moi que ce n'est pas logique. Vous pouvez demander à tout le monde dans le village, cela a été une véritable surprise qu'il se suicide.

— Il était dépressif ?

— Non pas vraiment, c'est vrai qu'il semblait toujours un peu cafardeux, mais il a toujours fait face aux aléas de la vie et même à la mort de sa mère, alors qu'ils avaient toujours vécu ensemble, cela ne l'a pas accablé plus que ça. Non, pour moi ce n'était pas un gars à se donner la mort pour un moment de déprime.

— Mais en y repensant, il y a quand même ce cancer du foie que le médecin légiste a noté dans son rapport, c'est peut-être ça la raison de son geste. Je peux aller fouiller dans le dossier des documents médicaux que j'ai vus dans le buffet, pour voir si j'en trouve un qui le mentionne ?

— Oui, bien sûr.

On alla dans la salle à manger, j'ouvris le buffet et consultai tous les documents de son dossier "Médical". J'avais beau lire et relire tous les documents présents, à part un récent test sanguin dénommé "cirrhomètre" qui diagnostiquait une cirrhose débutante, confirmant ainsi ce que le médecin légiste avait noté, je ne trouvai aucun élément faisant référence à un cancer du foie déclaré. Je me retournai vers Germaine.

— Je ne trouve rien sur cet éventuel cancer, c'est comme si cette maladie n'existait pas. On sait qu'une cirrhose n'engendre aucune douleur, par contre un cancer du foie doit bien provoquer de fortes douleurs, c'est pourquoi je suis étonné qu'il ne soit pas allé consulter un médecin pour connaître l'origine des symptômes qu'il devait bien avoir ?

— Moi, cela ne m'étonne pas du tout, dans cette famille c'était des durs au mal, ils n'allaient jamais voir le docteur car ils ne faisaient pas confiance à la médecine traditionnelle. Au pire, pour se soigner, ils prenaient des compléments alimentaires, des tisanes ou des remèdes sans ordonnance. Même ma sœur n'a pris de vrais médicaments contre la douleur qu'à la fin, juste avant que son cancer ne l'emporte, c'est vous dire.

— On peut alors penser qu'il n'a pas consulté de docteur et qu'en fin de compte, il ne savait pas qu'il avait un cancer du foie.

— Ben oui, peut-être.

Je réfléchissais, il y avait tout de même une incohérence dans cette affaire. Si l'on prend l'hypothèse qu'il ignorait qu'il avait un cancer, alors pourquoi se suicider avant même la fin des premiers travaux de rénovation qu'il avait commandés. Il devait avoir hâte, comme tout à chacun, de profiter de ses nouveaux meubles et nouveaux appareils ménagers ? Engager une telle somme pour refaire entièrement sa cuisine et avoir des devis pour rénover le reste de la maison voulait dire qu'il pensait à l'avenir, le contraire de l'envie de se suicider. Non, il n'y a vraiment rien de logique et finalement cette enquête devenait vraiment intéressante.

Cette pensée me motiva. De retour dans la cuisine, je me mis à fouiner dans tous les coins et dans un renfoncement, à moitié sous un meuble, j'aperçus quelque chose. Ma persévérance avait payé !

— Vous pouvez mettre la lumière s'il vous plaît, là au sol dans ce coin sombre il y a quelque chose.

Elle s'exécuta rapidement en actionnant l'interrupteur situé à l'extérieur dans le couloir près de la porte.

Je me penchai et je ramassai ce qui semblait être un morceau de vêtement en feutre foncé.

En y regardant de plus près :

— Ah mince, c'est juste un béret qui traîne par terre, votre neveu ne rangeait pas beaucoup ses vêtements.

— Un béret ? Je ne l'ai jamais vu porter le moindre chapeau, montrez-le-moi.

Je lui donnai et elle le regarda attentivement.

— Mais, on dirait un des bérets de Gustave !

— Gustave ?

— Oui, Gustave est le plus proche voisin, il habite avec son frère dans cette maison et à travers la vitre elle me désigna une vieille bâtisse de l'autre côté d'un petit mur bordé d'une longue rangée d'arbres.

— Oui je vois. J'inspectai attentivement le chapeau, « ce béret n'a aucun signe distinctif, dire que c'est à Gustave me paraît prématuré. »

— Il n'y a que lui qui porte encore des bérets dans tout le village, alors c'est sûr qu'il lui appartient.

— Laurent et lui étaient amis ?

— Oh que non, Gustave et son frère ne se sont jamais entendus avec lui, déjà quand ils étaient gamins, ils se chamaillaient pour un rien et cela a toujours été comme ça. Et même, c'était devenu une guerre ouverte entre eux, ils s'envoyaient des noms d'oiseaux quand ils se croisaient dans la rue car Laurent venait de gagner le procès qui les opposait. Il les avait mis au tribunal pour récupérer une grande bande de terrain que leurs grands-parents se seraient appropriée indûment et cela concernerait des centaines de mètres carrés et maintenant, avec le prix des terrains qui ne fait qu'augmenter avec les nouvelles constructions à l'entrée du village, cela doit avoir beaucoup de valeur.

— Et ces deux frères, vous les connaissez bien ?

— Dans le vieux village, on se connaît tous plus ou moins bien, mais pas avec eux et cela depuis toujours, c'est juste un bonjour-bonsoir quand on se croise, rien de plus.

— Bien, pour le béret il faut que je le protège si la gendarmerie veut le faire analyser pour des recherches d'ADN. Donnez-moi un sac plastique, j'en ai vu sous l'évier.

Elle trouva facilement et me tendit un pochon où je glissai la pièce à conviction et je mis le tout dans ma poche.

— C'est bon, pour la cuisine je pense que j'ai tout vu, est-il possible de visiter les autres pièces de la maison ?

— Oui bien sûr, au rez-de-chaussée il ne vous reste à voir que le débarras derrière la cuisine et les

WC sous l'escalier et à l'étage vous trouverez deux chambres et une salle de bain.

J'évitai le passage dans les toilettes, la propreté relative de la maison m'en dissuadait vraiment et le débarras fut vite inspecté, c'était vraiment l'endroit où il se débarrassait de ce qu'il ne voulait plus, c'était plein à ras bord et j'eus même du mal à ouvrir la porte tant il était encombré. Je ne m'y attardai pas, la poussière accumulée sur tout ce qui s'y trouvait montrait clairement que ce local n'avait pas été ouvert depuis un bail.

Ensuite, je montai visiter l'étage. La première chambre avait dû être occupée par la mère du défunt. Les volets étaient fermés et le sol était jonché de cartons remplis de vieux vêtements féminins. On aurait dit que Laurent avait entassé dedans les vieilles affaires de sa mère prêtes à être débarrassées, il devait assurément faire du rangement pour les travaux de rénovation mentionnés dans les devis. La deuxième était la sienne, des vêtements qui paraissaient sales formaient un tas dans un coin et le lit était grand ouvert. Quelques boîtes de remèdes "naturels" sur la table de nuit m'apprirent qu'il avait quand même de petites difficultés d'endormissement et d'anxiété. Dans l'armoire, pleine d'un fatras de vêtements, je ne trouvai rien qui puisse de près ou de loin faire avancer l'enquête et la visite de la petite salle de bains avec son armoire à pharmacie contenant quelques médicaments périmés datant du temps de la maladie de sa mère fut tout aussi décevante.

Dès mon retour au bas de l'escalier, Germaine me demanda :

— Vous avez bien fermé toutes les lumières là-haut ?

— Oui, pas de souci.

— Avez-vous trouvé quelque chose pour votre enquête ?

— Non, même en fouillant un peu, je n'ai rien trouvé d'intéressant mais je n'y croyais pas de toute façon, s'il y avait eu quelque chose d'évident, les gendarmes l'auraient déjà trouvé.

En regardant les toiles d'araignées en haut de la cage d'escalier :

— Que l'on regarde dehors ou dedans, cette maison est vraiment sale, rien n'est entretenu, comme si elle était laissée à l'abandon, c'est récent où cela a toujours été ainsi ?

— C'est depuis la mort de ma sœur que la maison n'est plus entretenue, Laurent a tout laissé se détériorer petit à petit. Et le jardin, vous l'avez vu en arrivant, eh bien c'est bien pire, car depuis la mort de mon beau-frère, qui l'entretenait un peu, il est toujours resté dans cet état-là.

— Il est mort depuis longtemps votre beau-frère ?

— Oui, il a une dizaine d'années qu'il nous a quittés. Maintenant que vous avez visité la maison, vous voyez que rien n'explique son geste, vous comprenez à présent pourquoi je ne crois pas à ce suicide.

— Pour tout vous dire, je n'ai pas appris grand-chose de cette visite mais c'est vrai que l'on peut avoir un doute avec tous les projets de rénovation qu'il avait. Le seul point positif, c'est ce béret que nous avons retrouvé dans la cuisine, qui pose question.

— C'est quand même une sacrée preuve que vous avez trouvée !

— Je ne sais pas, il peut y avoir mille raisons pour qu'il se retrouve ici et il pourrait même appartenir à un des ouvriers qui ont travaillé ici.

— Non, je ne crois pas, pour moi c'est bien un béret de Gustave.

— Nous verrons bien sa réponse quand j'irai le voir, je lui demanderai directement s'il lui appartient.

— Oui, c'est ce qu'il faut faire. Voulez-vous jeter un coup d'œil dans la grange qui se situe par-derrière la maison ?

— Il y a des choses à voir ?

— Non, pas vraiment, c'est une ancienne grange avec du vieux matériel agricole et de vieux outils.

— Alors, je n'ai pas besoin de la visiter, c'est bon pour moi.

Je notai consciencieusement sur mon carnet toutes les informations glanées durant cette visite.

Elle me regarda faire sans un mot et quand je le remis dans ma poche elle me demanda :

— Alors, vous voulez bien prendre cette affaire ?

— Oui, c'est d'accord, mais je vous le répète, n'espérez pas grand-chose de nouveau !

— Je vous remercie, je suis vraiment contente que vous poursuiviez le travail des gendarmes qui à mon avis a été trop vite effectué. Ce qui compte c'est d'aller au bout des choses. Elle fouilla dans son sac « Voilà », en me tendant une mince enveloppe, « c'est pour sceller notre accord et à la fin de votre enquête, il faudra me dire combien je vous dois au total si ce n'est pas assez »

Je pris l'enveloppe et la mis dans ma poche.

— Merci, je vais retrouver ma grand-mère. Vous restez ici ?

— Oh non, je rentre chez moi. Si vous avez besoin de revisiter la maison, n'hésitez pas.

— D'accord, mais voulez-vous que je vous ramène chez vous, plutôt que de rentrer à pied ?

— Non, j'habite juste à l'entrée de l'impasse, si vous venez me voir, c'est la maison aux volets bleus, vous ne pouvez pas vous tromper.

Elle éteignit la cuisine, vérifia consciencieusement que la lumière des autres pièces était éteinte et me suivit dehors, puis ferma à clé les deux serrures de la porte d'entrée. Se tournant vers moi :

— Et maintenant que vous avez une pièce à conviction, vous allez la remettre aux gendarmes ?

— Vous parlez du béret ? Non, ce n'est pas vraiment une preuve, même s'il appartient à son voisin et que l'on ne peut pas expliquer sa présence dans la cuisine, cela ne suffira pas pour qu'ils rouvrent l'enquête, le suicide est trop évident.

— Alors qu'allez-vous faire maintenant ?

— Je vais interroger les personnes qui le connaissaient et leur demander s'ils ont remarqué un changement dans son comportement, on ne sait jamais. Je vais aussi interroger ses voisins pour savoir s'ils ont entendu des bruits suspects ou s'ils ont vu quelqu'un traîner dans les parages. Et bien sûr avoir aussi leur explication sur ce béret qui pourrait leur appartenir, retrouvé dans la cuisine.

— Si vous allez les voir, vous verrez, il n'y a que Gustave à qui parler, son frère aîné qui vit avec lui est très diminué physiquement et intellectuellement. En tout cas, tenez-moi au courant des avancées de votre enquête.

— Oui bien sûr, c'est vous la cliente, et tout en m'installant dans ma voiture. « Dès que j'ai du nouveau, je vous appelle ou je viens vous voir directement. Au revoir et à bientôt, » et je pris la direction de chez la grand-mère.

En chemin, je regardai dans l'enveloppe qu'elle m'avait donnée et ma déception fut grande quand je ne vis que trois malheureux billets de vingt euros se battant en duel, ma grand-mère m'avait vraiment vendu au rabais !

Chapitre 3

À peine j'arrivai dans sa cour, que grand-mère se présenta devant sa porte.

— Dépêche-toi d'entrer, suivi de la traditionnelle référence au breuvage maison, « j'allais justement servir le café »

Je n'osais imaginer le jour où elle sera privée de son café et c'est sûr qu'il faudra éviter d'être présent en ce moment catastrophique de sa vie. Son verre de café chaud à la main était devenu au fil du temps son emblème, peut-être même son support psychologique.

Je la suivis à l'intérieur jusqu'à la cuisine où m'attendait une énorme surprise sous la forme d'un gendarme en uniforme qui se leva à notre entrée.

Elle nous présenta.

— Voici Julien, le p'tit gars de chez nous, qui nous a donné une copie du dossier de l'enquête.

En fait de "p'tit gars", c'était un grand type bara-qué, blond aux yeux bleus, du genre bûcheron nor-dique, les Vikings du IXe siècle étaient bien arrivés en Île-de-France et j'avais l'un de leurs descendants en face de moi.

Et, en me désignant :

— Voici Gil mon petit-fils, le détective privé. Il a abandonné son vrai métier pour se lancer ...

À mon grand soulagement, il ne la laissa pas finir sa phrase et il prit ma main tendue, pour une poi-gnée de mains vigoureuse et m'annonça tout de go.

— Heureux de vous connaître. Une première chose très importante à vous dire : J'ai pris beaucoup de risques en faisant une copie du dossier et il doit absolument rester confidentiel, en dehors de nous, personne ne doit voir ces documents et à la fin de votre enquête, merci de tout brûler.

— Pas de souci, je comprends votre situation vis-à-vis de vos supérieurs et la destruction sera faite, je vous le promets. En tout cas, je vous remercie de votre aide et de votre engagement sur cette affaire.

Grand-mère déposa devant moi un verre de son "café" puis remplit les deux verres déjà présents sur la table et à mon grand étonnement, s'assit sans un mot.

Julien but une gorgée de la boisson marronne et, contrôlant parfaitement une grimace naissante, il poursuivit la conversation.

— Je suis content que quelqu'un relance cette enquête car je pense que mes supérieurs ont trop vite fermé ce dossier, deux jours d'investigations, ce n'était pas assez pour aller au fond des choses.

— Pourquoi ont-ils refermé aussi vite ce dossier ?

— Hormis le fait qu'avec les vacances de fin d'année nous sommes en sous-effectif ce qui pourrait déjà l'expliquer, c'est surtout qu'aucun élément tangible n'est venu ébranler la conclusion du médecin légiste sur un suicide.

— En parlant de cette autopsie, vous ne trouvez pas cela étrange qu'elle ait été faite aussi rapidement, je pensais que c'était beaucoup plus long pour avoir les résultats ?

Il sourit à ma remarque.

— Non, il n'y a rien d'étrange à cela, le médecin légiste a précipité l'examen et la rédaction de son rapport, car il partait le lendemain en vacances pour les fêtes.

— Je comprends mieux. Quels sont les éléments qui vous font dire que l'enquête doit être poursuivie ?

— C'est que pour moi il y a des incohérences de taille que mes chefs n'ont pas voulu prendre en compte et qui me font douter que cela soit un suicide.

— Si ce n'est pas un suicide, alors vous pensez que cela pourrait être un meurtre ?

— Oui, bien sûr car ce n'est manifestement pas un accident.

— Et quelles sont ces incohérences ?

— Se suicider alors que l'on vient d'entamer de gros travaux dans sa maison n'est absolument pas logique. Dans le même temps, nous avons appris qu'il aurait récemment reçu une forte somme d'argent, alors si c'était vrai, pourquoi ne pas en profiter plus longtemps ?

— C'est exactement ce que je me suis dit quand j'ai vu les travaux effectués dans la cuisine et les devis des entreprises. Et pour ce qui est de l'argent, sa tante m'a dit que les travaux ont été certainement financés par un récent gain au jeu. Cependant, j'ai lu dans le rapport du légiste qu'il avait un cancer du foie, qu'en pensez-vous, cela pourrait accréditer la thèse du suicide, non ?

— Oui je l'ai lu et c'est peut-être ça aussi qui a joué dans la décision de mes chefs pour fermer rapidement ce dossier. Sauf que je n'adhère pas à cette raison, si cela avait été le cas il aurait laissé pour ses proches une lettre d'explication sur son geste. Non, bien au contraire, je pense que pour se lancer dans de tels travaux de rénovation c'est qu'il avait certainement de très bons espoirs de guérison, vous êtes d'accord avec moi ?

— Complètement et je crois même qu'en fait, il ne savait tout simplement pas qu'il était atteint d'un cancer, car je n'ai rien trouvé dans ses documents médicaux y faisant référence et je n'ai trouvé aucun traitement anticancéreux spécifique dans la maison, alors qu'après une recherche rapide sur internet, il en existe un : le "sorafenib". Et s'il n'était pas informé de sa maladie, cela éliminerait à coup sûr cette raison pour un éventuel suicide.

— Vous voyez, de nouveau, nos réflexions sont similaires !

— Oui ce n'est pas faux. Pour passer à une autre chose, lorsque j'ai fait le tour de la cuisine j'ai trouvé un béret sous un meuble, a priori il appartiendrait à son voisin le plus proche, un dénommé Gustave.

Je le sortis du sac et le lui montrai.

— Nous n'avons pas fait attention à ce genre de détails puisqu'il y avait des vêtements qui traînaient un peu partout dans la maison. Par contre, s'il n'appartient pas à la victime, cela peut être intéressant de savoir comment il a atterri dans la cuisine. Gardez le pour l'instant et si nous avons suffisamment d'éléments nouveaux de ce genre, peut-être qu'en haut lieu ils rouvriront l'enquête.

— En parlant de ces voisins-là, êtes-vous au courant que Laurent avait un différend foncier avec eux et qu'il venait juste de gagner le procès qui les opposait.

— Non, je n'étais pas informé qu'il y avait un problème de foncier entre voisins, cela pourrait avoir un rapport avec sa mort ?

— Peut-être bien. Si nous relions les faits : un procès récemment perdu, un suicide douteux sans élément déclencheur évident et ce qui semblerait une preuve du passage du voisin dans la cuisine du défunt avec ce béret perdu sur place. Cela fait de ce Gustave un coupable idéal en cas d'homicide avéré. Mais ce n'est qu'une base de raisonnement, pour y voir plus clair j'irai dès que possible le rencontrer pour qu'il me dise comment étaient leurs relations de voisinage et pour avoir son explication sur son couvre-chef trouvé chez Laurent.

— Oui, c'est ce qu'il faut faire, vous avez trouvé autre chose ?

Je relus mes notes de mon petit calepin.

— Non, rien d'autre. Par contre, j'ai plusieurs questions dont je n'ai pas trouvé les réponses dans le rapport.

— Je vous écoute, j'espère pouvoir vous les donner.

— Rien n'est dit à propos de la personne qui a prévenu ni de quelle façon et à quel moment elle a découvert le corps.

— C'est le facteur qui nous a appelés le lundi matin. Lors de sa tournée, il s'est arrêté chez Laurent qu'il connaissait bien pour le côtoyer régulièrement au café, afin de lui remettre une lettre recommandée. Il se doutait qu'il était chez lui puisque sa voiture était garée devant la maison mais comme Laurent n'a pas répondu à ses insistants coups de sonnette, alors il a regardé par les fenêtres espérant l'apercevoir à l'intérieur et c'est là, en regardant par celle de la cuisine qu'il l'a aperçu affalé sur la table dans une mare de sang. Il a tenté d'entrer dans la maison pour le secourir, mais la porte était fermée à clé. Il a alors téléphoné à la gendarmerie, pensant que Laurent avait été agressé puis il a appelé les secours.

— C'est noté que vous avez dû faire appel à un serrurier pour ouvrir la porte, pourquoi ne pas casser un carreau à la fenêtre pour entrer au plus vite ?

— Dans les faits, c'est le facteur qui après nous avoir appelés, a couru chercher le serrurier qui demeure dans l'impasse. L'artisan est intervenu tout de suite et il était en train de déverrouiller la porte quand nous sommes arrivés en même temps que les pompiers. Il a eu un peu de mal avec les deux serrures de sécurité, mais comme c'est lui qui les avait installées il y a des années, il connaissait bien ce matériel.

— Vous avez trouvé les trousseaux de clés à l'intérieur ?

— Oui, nous en avons trouvé deux, ils étaient pendus à des crochets au-dessus d'un petit guéridon. Le temps de nos investigations, nous en avons utilisé un, que l'on a ensuite confié à sa tante à la fin de l'enquête.

— Sur une des photos du dossier, on peut voir sur la table de cuisine une boîte en fer contenant une autre arme de poing et des balles, je présume que vous l'avez réquisitionnée avec le pistolet qu'il tenait dans sa main ?

— Oui, bien sûr. Nous avons tout emporté pour analyse, ainsi que son fusil de chasse qui était dans l'armoire de sa chambre avec une boîte de cartouches.

— Vous savez d'où ces pistolets provenaient ?

— Les deux armes retrouvées près du corps sont de vieux pistolets de la dernière guerre, en parfait état de fonctionnement et régulièrement utilisés, mais nous n'avons aucune indication de leur provenance, car ils n'étaient pas déclarés, contrairement au fusil de chasse qui lui était bien enregistré.

— Sa tante me disait qu'il tirait souvent dans son jardin avec ses armes et que les voisins s'en plaignaient, vous étiez au courant ?

— Non, à ma connaissance, nous n'avons jamais eu de plaintes à ce sujet.

— Il y avait un tas de courrier non ouvert sur le comptoir de la cuisine, vous l'aviez vu ?

— Oui, c'est moi qui l'ai posé là, c'est le facteur qui au moment de partir me l'a donné et je ne savais pas quoi en faire.

Je refermai mon petit calepin.

— J'en ai fini avec mes questions. Sinon, vous souvenez-vous d'un autre détail qui ne serait pas dans votre rapport ?

— Non, non vraiment, rien de plus.

— Bien, je vais voir ce que je peux faire avec ces premiers éléments.

— Comment allez-vous commencer votre enquête ?

Rapidement, je me remémorai ma dernière et instructive lecture "Les détectives privés pour les nuls" :

— De la façon la plus simple, je vais interroger les personnes qui le côtoyaient de près et de loin, chercher à connaître le déroulement de cette journée et si je pense réellement que c'est un meurtre alors je m'évertuerai à trouver des personnes ayant un mobile, les moyens et l'opportunité d'avoir commis cet acte criminel.

— C'est très bien, c'est une approche très professionnelle.

Il jeta un coup d'œil à sa montre et se leva.

— Je vous souhaite bonne chance dans la poursuite de vos investigations. Je suis obligé de vous laisser, je dois prendre mon poste dans quelques minutes. Merci de me tenir au courant de l'avancée de vos recherches. Il me tendit une feuille de papier plié en quatre « Si vous avez besoin de me joindre, je vous ai noté mon numéro de téléphone personnel. Ne m'appelez pas à la gendarmerie, mes supérieurs ne sont pas au courant qu'un détective privé commence à enquêter sur cette affaire et je ne suis pas

certain qu'ils apprécieraient, alors autant rester dis-
crets le plus longtemps possible. » Il remit son képi
et sortit après un rapide salut militaire.

Aussitôt le gendarme sorti, grand-mère prit la parole.

— T'as vu, il est bien ce petit gars. Tu as parlé du
problème de foncier avec les voisins, si tu veux, je te
dis exactement pourquoi.

— Non, Germaine me l'a déjà raconté.

— Ah dommage ! me dit-elle d'un air déçu.

— En parlant de Germaine, il faut que tu m'en
dises plus sur elle et sur ses relations avec son neveu.

— Germaine ! Mais qu'est-ce que tu veux savoir ?

— Par exemple, pourquoi ne s'entendait-elle pas
avec lui ?

Là, elle était contente de pouvoir jouer la pipe-
lette et un rictus de contentement apparut au coin de
sa bouche, équivalent pour elle à un franc sourire et
c'était bien le maximum que je l'avais vu faire.

— La mère de Germaine et d'Eugénie avait, paraît-il, des lingots d'or hérités de lointains parents et

juste avant de mourir, elle les aurait confiés à Eugénie qui était l'aînée, pour qu'elle fasse le partage. Mais jamais Eugénie, malgré l'insistance de Germaine, ne lui donna sa part ni ne confirma cette histoire. À sa mort, Germaine a demandé à Laurent s'il avait découvert les lingots de l'héritage de sa grand-mère mais il lui aurait répondu qu'il n'avait jamais entendu parler de cet or. Sauf que peu de temps après, on l'a vu s'acheter une grosse voiture allemande et de beaux habits. On aurait dit qu'il menait la belle vie et c'est à ce moment-là d'ailleurs qu'il a fréquenté une fille du village, Christelle. En fin de compte, cela n'a pas duré puisque moins d'un an plus tard, il a revendu sa berline étrangère pour reprendre une voiture de collaborateur de son usine. Mais Germaine était folle de rage, elle était sûre qu'il avait vendu les lingots et dépensé tout l'argent au jeu.

— Et toi, qu'en penses-tu ?

— C'est une très vieille histoire de famille et je ne suis pas vraiment sûre qu'elle soit vraie, cependant Germaine a l'air d'y croire dur comme fer.

— Si elle en était convaincue, c'était une belle raison de ne pas s'entendre avec lui. Laurent avait des enfants ?

— Non il ne s'est jamais marié et n'a pas d'enfant, Germaine est sa seule famille et d'ailleurs, c'est elle qui héritera de tout.

— Alors, il lui restera à coup sûr un beau paquet d'argent et cela compensera l'héritage de sa mère qu'elle dit ne pas avoir reçu.

— Oh oui, avec la vente de la maison en plein village et les quelques terrains agricoles qu'il lui restait, cela fera deux à trois cent mille euros, déduction faite des droits de succession qui sont importants à ce niveau de parenté.

— Les comptes ont déjà été faits par le notaire ?

— Non, Germaine a été le voir il y a trois jours, ils sont amis de longue date et c'est pourquoi elle a pu discuter librement avec lui de l'héritage qui devrait lui revenir. Il avait déjà reçu tous les papiers, mais les calculs n'étaient pas encore finalisés, c'est Germaine qui a calculé rapidement ce qui pouvait lui revenir.

— Elle ne perd pas de temps ! Rien d'autre sur elle ?

— Non, sinon qu'elle est toujours à la recherche de potins à raconter sur les autres, mais ça m'arrange, comme cela je suis au courant de tout ce qui se dit au village sans me déplacer.

— Désormais, parle-moi de Christelle, j'ai vu une photo chez lui où ils posaient ensemble et tu viens de me confirmer qu'elle l'a fréquenté un moment.

— Christelle, c'est la paumée du coin et elle n'est pas très fute-fute, mais c'est une gentille fille. Quand elle était plus jeune, c'était la "Marie couche toi là" du village, elle s'est bien calmée depuis. Cela avait étonné tout le monde de les voir ensemble, lui était du genre discret et elle était exactement le contraire. Leur relation a commencé peu de temps après la

mort d'Eugénie, et Christelle qui a toujours été atti-
rée par l'argent a bien profité des quelques mois où
Laurent paraissait en avoir beaucoup à dépenser.
Durant cette période, ils venaient souvent ensemble
au café, on aurait dit qu'ils voulaient que tout le
monde voie leur bonheur et Christelle qui avait une
bonne situation en ville avait même arrêté de travailler car elle disait qu'ils devaient se marier. Puis un
jour, en larmes, elle nous a dit que c'était fini entre
eux et qu'elle était furieuse d'avoir été traitée comme
cela mais personne n'a jamais su le fin mot de l'histoire. Enfin pour tout te dire, il y a quand même des
bruits qui courent qu'elle l'aurait trompé, ce qui ne
m'étonnerait pas du tout la connaissant. En finalité,
la pauvre n'a jamais récupéré son travail et depuis,
elle vivote tant bien que mal en prenant de temps en
temps de petits boulots en intérim.

— Alors, elle a une bonne raison d'en vouloir à
Laurent ! et c'est certainement elle qui le connaît le
mieux, alors je vais commencer mon enquête en pas-

sant la voir dès aujourd'hui, comme c'est un jour férié, elle devrait être chez elle. Peux-tu me dire où elle habite ?

— Oui, elle habite chez sa mère, c'est juste dans la rue derrière. Si tu y vas, tu ne peux pas te tromper de maison en y allant, il y a deux énormes hortensias violets, de part et d'autre du perron.

Elle regarda la pendule accrochée au-dessus de la porte de la cuisine.

— Et en plus, il est presque midi, tu devrais y aller tout de suite comme cela tu es sûr de la trouver, elle déjeune tous les jours avec sa mère.

— C'est une bonne idée, j'écris les renseignements que tu viens de me donner et j'y vais.

Ce travail fait et après l'échange du traditionnel duo de bises, je la quittai pour me diriger vers la maison de Christelle.

Chapitre 4

Il me fallut à peine deux minutes en voiture pour me rendre dans la rue désignée. Trouver la maison fut facile, les deux énormes hortensias violets qui encadraient le perron de cette petite maison en retrait, coincée entre deux grandes bâtisses, toutes aussi grises les unes que les autres, étaient immanquables !

Le muret qui fermait la "propriété" était surmonté d'une petite clôture en fer forgé rouillé, agrémentée de quelques lambeaux de peinture jaunasse qui se balançaient au gré du vent, tels de petits feux-follets au-dessus de tombes. La vue de cet ensemble ressemblant à une entrée de cimetière avait tout ce qu'il fallait pour rendre triste la plus belle des journées. Faisant fi de cette entrée peu accueillante, je sonnai au portillon.

Quelques secondes plus tard, la porte s'ouvrit sur une vieille dame à la mine revêche et triste, comme on pouvait l'imaginer d'une gardienne de catacombes, confirmant ainsi l'impression ressentie. Elle s'avança sur le perron pour mieux me voir et m'interpella.

— C'est pourquoi ?

— Je voudrais parler à Christelle, c'est possible ?

Elle se retourna et rentra dans sa maison en hurlant à réveiller un mort « Christelle, c'est pour toi » et disparut.

Après une attente qui dura une éternité, une femme, la cinquantaine, se présenta à la porte, c'était bien elle que j'avais vue sur la photo chez Laurent mais avec quelques kilos en plus. Elle était habillée d'une robe à fleurs prête à craquer aux coutures qui comportait un grand décolleté mettant en avant une énorme poitrine cherchant à s'échapper de ce carcan devenu bien petit. Ses cheveux blonds mi-longs entouraient son visage qui avait une couperose naissante en guise de maquillage. Elle avait dû être jolie et il restait chez elle un petit côté sexy qui lui donnait du charme, charme qui fut totalement rompu quand elle ouvrit la bouche pour me demander d'une horrible voix de crécelle.

— Qu'est-ce que vous m'voulez ?

— Je suis détective privé et si cela ne vous dérange pas, je voudrais que l'on parle de Laurent.

— Laurent ? Vous ne savez pas qu'il est mort et enterré depuis des jours ?

— Oui, je le sais, mais c'est justement pour cette raison que je veux vous parler.

— Ah bon, pourquoi ?

— Sa famille aimerait connaître les raisons qui l'ont poussé au suicide.

— Mais, ce n'est pas de ma faute !

— Bien sûr que non. Mais vous êtes la seule personne qui l'ait vraiment bien connu, si vous pouviez m'en dire plus sur lui, cela m'aiderait peut-être à comprendre son geste.

Elle réfléchit,

— J'y gagne quoi ?

— Euh… quelques billets ?

— Combien ?

— Euh … 20 euros ?

— C'est d'accord, entrez.

Eh bien, elle était fidèle à sa renommée, il n'y avait pas de petit profit avec elle !

Je poussai le portillon métallique qui émit un grincement lugubre donnant l'impression d'entrée chez la famille Addams, du film du même nom. Je montai les quelques marches du perron et en arrivant sur le palier, elle me tendit la main que je voulus lui serrer pour la saluer, mais elle l'enleva prestement.

— Mais non, mon billet !

Confus, je pris rapidement un billet de vingt euros dans mon porte-monnaie et le lui tendis. Elle le prit prestement et je le vis disparaître dans l'échancrure de sa robe.

— Suivez-moi, on va se mettre loin des oreilles indiscrètes, en me désignant sa mère qui œuvrait devant les fourneaux.

Je la suivis jusque dans la salle de séjour dont elle ferma la porte derrière elle.

— Asseyez-vous, me dit-elle, me montrant un des fauteuils présents, « je peux vous offrir un verre ? »

— Oui, pourquoi pas.

Elle ouvrit une porte du grand meuble qui prenait tout un pan de mur, prit deux verres et me dit :

— J'ai du porto, ça vous va.

— Oui, très bien, j'adore les vins doux.

Elle servit une bonne rasade dans chaque verre de cette boisson lusitanienne et elle les déposa sur la table basse, suivi d'un gros bol de cacahuètes huileuses à souhait.

Je regardai autour de moi. Les meubles et les papiers peints devaient avoir l'âge de la maison, c'était d'une tristesse affligeante mais cela se mariait bien avec les hortensias du perron. Heureusement, sur un mur, de jolies photos de chiens et de chiots de différentes races égayaient un peu le décor.

— Votre mère aime bien les chiens, on dirait ?

— Ah non, ce n'est pas ma mère, c'est moi qui aime les chiens, j'ai suivi une formation de toilettage et j'aimerais en faire mon métier.

— C'est une belle reconversion mais cela ne va pas être facile, je n'ai pas vu beaucoup de chiens toilettés dans le village.

— Ici non, mais dans les nouveaux lotissements aux alentours, il y en a presque un dans chaque maison.

Elle prit son verre, le leva et me dit :

— À notre santé.

Et elle avala d'un coup une bonne partie du contenu, expliquant ainsi ses pommettes rosissantes.

— À notre santé, lui répondis- je, en trempant mes lèvres dans le verre.

Elle prit une grosse poignée de cacahuètes qu'elle mit d'un coup dans sa bouche et tout en mâchouillant, me demanda :

— Alors que voulez-vous savoir ?

— Je crois que vous avez été en couple avec Laurent.

— En couple, c'est beaucoup dire, elle prit une bonne rasade de porto pour engloutir les arachides mâchées et put continuer plus distinctement « disons qu'on s'est fréquenté un moment. Mais c'est fini depuis longtemps. »

— Vous étiez restée amie avec lui ?

— Oh que non ! Mais ici, on est bien obligé de se rencontrer car c'est impossible d'éviter les gens dans ce village où il n'y a qu'un café-tabac qui fait dépôt de pain, épicerie et relais-colis dans lequel tout le monde se croise inévitablement. Par contre, quand on se voyait, nous n'échangions plus que des banalités.

— Êtes-vous déjà retournée chez lui, depuis votre rupture ?

— Non, pas depuis notre séparation. De toute façon, je n'y aurais jamais remis les pieds, quelle qu'en soit la raison.

— Vous lui en vouliez de cette séparation ?

Elle prit un moment de réflexion et en profita pour engloutir une autre poignée de cacahuètes sous les yeux effarés de ses kilos en trop.

— Oui, bien sûr. Au début de notre relation, il dépensait beaucoup d'argent pour moi, il m'a acheté des vêtements et même des bijoux, en me montrant un bracelet doré parsemé de verroterie multicolore qu'elle avait au poignet. « Les week-ends nous allions au cinéma, il m'a même emmenée un jour dans un grand hôtel-casino en Normandie où d'ailleurs il a passé une grande partie de la nuit à jouer. »

— C'était la grande vie !

— Oh oui, j'ai vraiment aimé cette période. Son travail en "trois-huit" lui laissait régulièrement du temps libre en journée et comme il me disait qu'il voulait m'épouser alors j'ai démissionné de mon travail pour pouvoir passer plus de temps avec lui. Tout ça pour finir par me faire larguer comme une malpropre quelque temps plus tard. Je peux vous dire, avec le recul, que j'ai été une sacrée idiote, abandonner une si bonne place qui payait bien. Alors oui, quelque part je lui en veux toujours d'avoir gâché une partie de ma vie car depuis notre rupture, je n'ai jamais retrouvé de travail fixe, je ne fais que de temps en temps des remplacements qui ne payent pas bien et qui sont à des kilomètres d'ici, heureusement que je vis chez ma mère.

— Vous pouvez me révéler les raisons de votre séparation ?

De nouveau, elle hésita un moment puis se lança.

— De toute façon si ce n'est pas moi qui vous le dis, vous trouverez bien quelqu'un au village pour vous le raconter à sa façon. Alors autant que je le fasse, vous aurez au moins la vraie version de l'histoire.

Elle prit le temps de s'enfiler une autre gorgée de Porto et d'allumer une cigarette.

— Voilà l'histoire. Cela faisait des mois que nous nous fréquentions, mais pour tout avouer, c'était bizarre comme relation. Des gars j'en ai connu plus d'un, mais je n'en avais jamais rencontrés qui ne voulaient pas coucher rapidement ! Cela dit, au début j'ai trouvé ça bien, mais après quelque temps, il ne faisait toujours pas le premier pas. J'ai cru qu'il était trop timide, alors j'ai forcé la chose et cela n'a pas été vraiment terrible, on aurait dit qu'il était dégoûté, c'était étrange comme situation. Mais bon, j'ai pensé que c'était peut-être sa première fois et qu'avec le temps cela s'arrangerait.

Elle s'arrêta de nouveau et vida son verre. Sans vraiment s'en rendre compte, elle savait marquer les pauses dans son récit de manière à ce que ça soit plus intéressant.

Et elle reprit :

— Eh bien non, j'étais toujours obligée d'insister lourdement et le résultat était toujours décevant. Alors, comme on dit : je suis allée voir ailleurs ! Et manque de pot, le seul jour où j'avais amené un homme chez moi, il a fallu que Laurent passe dans la rue au moment où nous nous quittions et que nous nous embrassions sur le perron. Quand il a vu ça et surtout avec qui j'étais, il est devenu "fou furieux". Il s'est rué dans le jardin, il a monté en courant les quelques marches du perron et il a mis un énorme coup de poing à l'autre qui s'est écroulé au sol, le nez fracassé, puis il m'a traitée de tous les noms et m'a dit que c'était fini entre nous. Voilà, fin de l'histoire.

— Quand vous dites "surtout avec qui j'étais", c'était quelqu'un de particulier ?

— Ben, ouais, c'était Franck, un des gars de son équipe des trois-huit à l'usine.

— Ah oui, en effet, c'était mal choisi. Savez-vous comment cela s'est passé entre eux après cette rencontre musclée ?

— Franck m'a dit que lorsqu'ils se sont retrouvés au travail, ni l'un ni l'autre n'en a parlé, ils ont fait comme si cela n'était jamais arrivé. Mais à partir de cet évènement, Laurent lui a mené la vie dure et son travail est devenu un véritable calvaire pour lui.

— Pourquoi il se laissait faire ?

— Il avait peur que Laurent dise à sa femme ce qu'il avait vu.

— Ah parce que Franck est un homme marié ?

— Oui, il a même deux gamins.

— Il devait avoir de la rancœur vis-à-vis de Laurent ?

— Oui, c'est vrai, mais il ne pouvait rien y faire, il était coincé !

— Et où habite-t-il ?

— Pourquoi, vous voulez le voir ?

— Travaillant toujours ensemble, il connaît peut-être une raison professionnelle du suicide de Laurent.

— Ah oui, c'est vrai. Il habite chez les "parisiens", vous savez, le nouveau lotissement à l'entrée du village, mais s'il vous plaît, n'allez pas le voir chez lui, je ne voudrais pas que son épouse apprenne notre ancienne liaison. Essayez plutôt de le voir à la sortie de son travail.

Elle se leva et alla prendre un calendrier et le consulta.

— Aujourd'hui son équipe est de relâche, mais demain c'est le jour où ils finissent à quatorze heures. En sortant du travail, ils vont toujours prendre un pot ensemble au "café du rond-point", vous pourrez le voir là-bas. Le café est facile à trouver, il est situé comme son nom l'indique, sur le grand rond-point juste en face de l'entrée de l'usine.

— On dirait que vous vous voyez toujours avec Franck pour connaître si bien son planning !

— Non, il n'y a plus rien entre nous, mais c'est vrai qu'après cette mésaventure on s'est revus de temps en temps mais maintenant c'est fini pour de bon. Je peux vous renseigner parce que leur planning de base ne bouge jamais, les équipes sont numérotées et l'enchaînement entre elles est toujours identique. Il sera à coup sûr avec eux sauf s'il est malade ou en congé.

— Et comment je peux le reconnaître ?

— Facile, c'est un grand gars et c'est le seul roux barbu de l'équipe, vous ne pouvez pas le louper.

— Il y avait d'autres personnes à votre connaissance qui aurait pu avoir des griefs envers Laurent.

— Oh oui, ses voisins par exemple, il les avait attaqués au tribunal pour récupérer du terrain que leurs grands-parents s'étaient, paraît-il, approprié à tort et ils s'en plaignaient quand on en parlait avec eux au café. Et j'ai appris dernièrement que finalement les frères ont perdu le procès, je peux vous dire qu'ils doivent être furieux et ce ne sont pas des tendres, ces gars-là, surtout Gustave le plus jeune.

Et, il y a aussi Johnny, que j'ai croisé il y a une quin-
zaine de jours au café et qui le cherchait, il voulait récupérer l'argent qu'il lui avait prêté et il était furax
qu'il soit en retard pour le rembourser.

— Ce Johnny, qui est-ce ? Et pourquoi prêtait-il
de l'argent à Laurent ?

— C'est un gars qui vit de magouilles et de trafics
en tous genres, il vend des trucs "tombés du ca-
mion" comme on dit et un peu de drogue, paraît-il,
mais surtout il prête de l'argent à tous ceux qui en
ont besoin. Laurent, avec sa dépendance aux jeux,
avait de temps en temps des fins de mois difficiles.
Quand il n'arrivait pas à payer ses factures ou à pouvoir jouer autant qu'il le désirait, Johnny lui avançait
l'argent qu'il voulait et il le récupérait plus tard avec
de gros intérêts bien sûr !

— Et Laurent l'a remboursé ?

— Je ne sais pas et je m'en fiche.

— Vous saviez que Laurent avait gagné gros récemment ?

— Oui, tout le monde était au courant, il a déclaré ça au café et ici dans le village, le bouche à oreilles fonctionne à merveille. Enfin, dans le vrai village, je ne vous parle pas des prétentieux du lotissement qui ne mettent quasiment jamais les pieds dans le centre.

— Pourtant avec Franck …

— Ce n'est pas pareil, lui il est comme nous.

— Comment avez-vous rencontré Franck ?

— C'est Laurent qui nous a présentés. Il m'avait donné rendez-vous dans ce café devant l'usine pour me faire rencontrer son équipe et quand le groupe est arrivé, j'ai croisé le regard de Franck et tout de suite nous avons flashé l'un pour l'autre, ensuite on s'est revus en cachette.

— Bien, si je résume, vous lui reprochiez de vous avoir gâché votre vie, son collègue Franck le haïssait parce qu'il le tenait responsable des soucis qu'il avait au travail, les voisins le détestaient parce qu'ils ont perdu le procès qui les opposait et le légendaire Johnny lui en voulait, car il n'avait pas récupéré son argent. Cela fait beaucoup de monde qui ne le regrettera pas. Dites-moi qu'il n'y a personne d'autre !

— Non pas à ma connaissance.

— Bien, merci d'avoir répondu à mes questions., mais après ce que vous venez de m'apprendre, j'aimerais bien parler à ce Johnny. Savez-vous où je peux le trouver ?

— Je ne connais pas son adresse, mais vous pouvez facilement le trouver en prenant la nationale en direction de la ville et juste avant d'y entrer, vous verrez sur la droite, il y a un immeuble tout en long et si vous y allez en fin d'après-midi vous aurez de grandes chances de le rencontrer sur le parking, juste au pied du bâtiment. Vous ne pouvez pas vous tromper, c'est un gars qui essaie de ressembler à Johnny Hallyday et il est généralement assis sur une grosse Harley-Davidson. Il sera à coup sûr en train de boire de la bière avec sa bande, ils font ça quasiment toutes les fins d'après-midi.

Je finis mon verre et me levai.

— Merci de ces renseignements et du délicieux porto. Suivant vos indications, j'irai voir Johnny dès ce soir.

Elle se leva à son tour et me serra la main

— Au revoir. Pour Johnny, n'y allez pas de nuit, il est quand même dangereux ce type.

— Merci du conseil.

Je rejoignis ma voiture et fis faire une petite balade à Léon dans les rues du vieux village.

Léon est mon confident, celui à qui je dévoile tous mes raisonnements, mes incertitudes, mes doutes avec un avantage de taille, c'est de n'être jamais contredit.

En marchant le long des murs gris je lui dis :

— Tu sais mon Léon, si c'est un meurtre, ce dont je doute encore, alors Christelle a une vraie raison de vouloir se venger, sauf que l'on se demande, pourquoi a-t-elle attendu autant de temps avant de passer à l'acte ? Y aurait-il une autre raison ou un fait qui se serait passé durant leur liaison qui l'aurait poussée à ne le tuer que maintenant ? Mystère et boule de gomme !

Il était plus occupé à renifler les bas des murs qu'à m'écouter.

— Bon, on dirait que ça ne t'intéresse pas ? Il continua à avancer, truffe au sol « Allez, cette matinée m'a donné faim, tu ne crois pas qu'il est temps d'aller manger » en insistant sur le dernier terme.

À ce mot clé, la queue de mon goinfre battit la mesure et il me tira jusqu'à la voiture. On sauta dedans et je pris la route à la recherche d'un endroit pour nous restaurer. En se rapprochant du grand centre commercial près de l'autoroute, on trouva facilement un fast-food où je pus prendre mon temps pour mettre au propre les quelques éléments récoltés dans la matinée et me hamburgeriser, cocacolariser, fritiser et sundaetiser au caramel au-delà du raisonnable, bien aidé dans cette démarche gourmande par mon Léon qui se régala en dégustant avec délectation ses deux hamburgers et sa grande portion de frites. Oui je sais, n'en déplaise à certains, nous ne sommes pas des adeptes de la nourriture light et encore moins du végétarien.

Chapitre 5

En fin d'après-midi, espérant pouvoir interroger Johnny, je me risquai à rejoindre l'endroit indiqué par Christelle. Arrivé devant le bâtiment, je vis, comme elle me l'avait décrit, un groupe de jeunes, capuche sur la tête, froc lardé de déchirures descendu à mi-fesses à la mode des cailleras de banlieue. Ils gesticulaient et discutaient avec véhémence, une canette de bière dans une main et une cigarette ou ce qui ressemblait à une cigarette dans l'autre. La bibine devait couler à flots depuis un moment, les packs éventrés et les canettes vides qui jonchaient le sol en étaient la preuve.

Au milieu de ce regroupement, je reconnus facilement le célèbre Johnny, qui paradait assis sur une grosse moto. Ses cheveux filasse décolorés en blond platine étaient coiffés en arrière dans l'espoir insensé de cacher sa calvitie déjà bien avancée. Pour ressembler à son idole, il portait un perfecto, des santiags et chevauchait une Harley-Davidson. La comparaison s'arrêtait là car question physique, on était loin de l'idole des jeunes. C'était un petit gros d'une quarantaine d'années avec une bouille toute ronde et des yeux enfoncés qui lui donnaient un air pas très rassurant. Il parlait fort en gesticulant et mobilisait parfaitement toute l'attention de ses fans, qui, aidés par les alcools et les substances illicites consommés, le regardaient avec des airs béats et les yeux dans le flou.

Pas très rassuré, je m'approchai de la troupe et demandai à "peroxyde man".

— C'est vous le dénommé Johnny ?

Il arrêta net de pérorer.

— T'es qui toi, pour vouloir parler à Johnny ?

— Je suis détective privé et je voudrais m'entretenir avec lui. Mais ce n'est pas vous Johnny ?

— Ben si pauvre pomme ! Cela se voit quand même où alors t'es complètement bigleux. Tu pensais peut-être parler à Marilyn Monroe ?

Et il partit d'un gros rire gras, rire que toute sa petite cour s'empressa d'imiter. Après cette franche rigolade, son visage redevint sérieux.

— Tu veux quoi à Johnny ?

En plus, il parlait de lui à la troisième personne, cela n'allait pas être commode de converser avec lui.

— J'enquête sur la vie de Laurent, je crois que vous l'avez bien connu.

— Ouaip, Johnny l'a bien connu et c'était un gros couillon et il repartit d'un grand rire, suivi toujours comme son ombre par ses acolytes. « Mais, ton gars est clamsé depuis longtemps, alors fous la paix à Johnny. Arrache-toi d'là, t'es pas d'ma bande, casse toi, tu pues et marche à l'ombre. »

Je ne pus résister à lui rappeler :

— Il me semble que cette phrase est tirée d'une chanson de Renaud et non de Johnny Hallyday.

Il devint écarlate, j'avais mis à mal son soi-disant savoir Johnny Hallydaysque devant ses admirateurs.

Il me répondit sèchement.

— En plus, il énerve Johnny cet avorton, Johnny sait bien que c'est Renaud qui chante ça, Johnny est électique !

— Désolé de vous contredire de nouveau, mais je pense que vous voulez dire : ÉCLECTIQUE !

De rouge, il passa à écarlate, je lui avais fichu la honte une nouvelle fois, ses tout petits yeux porcins me lancèrent un regard noir de haine et il entreprit de descendre de sa moto.

Voulant faire plus vite qu'il ne le pouvait physiquement et handicapé par l'alcool et les substances récréatives ingérés, il ne maîtrisa pas complètement son mouvement. Empoignant à deux mains son guidon et se penchant en avant à faire reposer son gros ventre sur le réservoir, il entreprit de faire passer sa jambe par-dessus la selle. L'action se passa comme un film au ralenti. Sa grosse guibolle se souleva avec difficulté du sol pour finalement accrocher au passage le porte-bagages de sa moto et l'engin commença à pencher dangereusement et ce mouvement fit glisser doucement son ventre du réservoir, le déséquilibrant encore plus. La moto avait pris un angle fâcheux et tout ce qui était dessus valdingua. C'était hilarant comme une bonne séance de "Vidéo gag", mais devant ce personnage méchamment grotesque, personne n'osa rire et tout le monde retint son souffle. Avec ses deux mains fermement agrippées au guidon, son autre jambe bien ancrée au sol et un effort surhumain qui fit ressortir les veines de son cou, il réussit, on ne sait par quel miracle, à ne pas être emporté par le poids de la moto et à effectuer un mouvement pachydermique pour enfin réussir à faire passer sa jambe par-dessus l'engin. Le dangereux mouvement de renverse étant stoppé, il rétablit son équilibre en redressant sa bécane et la mit sur la béquille centrale. Sa transpiration excessive plaquait ses cheveux gras sur son crâne et sa grosse bouille joufflue, qui avait pris un beau teint violet foncé durant l'effort, luisait de sueur, ce qui le faisait ressembler à une belle et grosse aubergine. Il ramassa hâtivement son casque et sa sacoche tombés à terre puis il se dirigea doucement vers moi.

L'aubergine s'arrêta à un mètre de moi et me fit un vilain petit sourire.

— On vient chercher des noises à Johnny, j'en connais un qui va le regretter.

Et il continua à marcher vers moi, je n'en menai pas large. Malheureusement pour moi, il y avait de plus en plus de monde sorti des cages d'escalier qui s'agglutinait autour de nous, m'empêchant de reculer et de prendre mes jambes à mon cou.

Au moment où je commençai à sentir son haleine chargée et c'était loin de sentir la poêlée des légumes du soleil comme on pouvait l'espérer, je lui dis vivement.

— En ce qui concerne Laurent, cela pourrait ne pas être un suicide et j'ai appris que vous avez des différends pécuniaires avec lui, vous êtes donc un suspect idéal.

Il s'arrêta, et d'un ton interrogateur me dit :

— Pécu... quoi ?

— Pour faire simple, à ce qu'on m'a dit, il paraît qu'il vous devait de l'argent, alors vous auriez pu vouloir le tuer pour cette raison. Cette information pourrait grandement intéresser la gendarmerie, vous ne croyez pas ?

L'accusation de meurtre et l'allusion à la gendarmerie avaient fait mouche. Il plissa des yeux, ce qui était fort puisqu'on ne les voyait déjà qu'à peine, mais cela m'indiqua que ses quelques malheureux neurones s'étaient rassemblés et discutaient entre eux. Cela dura de longues secondes avant d'avoir la réponse à ce conciliabule neuronique, qui se formula en :

— T'es con ou quoi ? Si un gars nous doit du pognon et ben Johnny est pas débile, y va pas l'tuer sinon y sait bien qu'il ne r'verra plus jamais son fric. Et puis de toute façon, pourquoi vouloir sa mort puisqu'il me l'a rendu quand je l'ai vu

— Il vous a rendu l'argent qu'il vous devait ? Mais quand ?

— Justement, c'est le dimanche où il s'est foutu une balle dans la caboche, et en riant « heureusement, Johnny est passé avant pour reprendre son blé avec les intérêts bien sûr ! »

— Comment était-il ? Il était nerveux, triste, dé-
primé ou avait-il un comportement inhabituel ?

— Non, il était comme d'hab. Il était bien torché
ce jour-là et il sentait l'alcool à plein nez. En plus, ce
con, on l'a trouvé dans la grange derrière sa maison
en train de tirer avec ses flingues sur des canettes de
bière et des bouteilles vides et comme il avait déjà
beaucoup bu, il aurait pu se mettre facilement une
balle dans le pied.

— Il avait un ou deux pistolets ?

— Il utilisait deux vieux pétards qui dataient de la
dernière guerre au moins, des antiquités qui auraient
pu lui péter à la gueule.

— Comment cela s'est-il passé pour qu'il vous
rende votre argent ?

— Il a fallu quand même que Johnny lui mette un
pain dans sa tronche d'alcoolo pour le décider.

— Vous vous êtes battu avec lui ?

— Non, Johnny n'se bat jamais, il sévit. On savait
que cette enflure avait touché un bon paquet

d'oseille, il le disait à tout le monde. Quand il a annoncé qu'il n'avait pas d'argent, ça nous a énervés. Alors Paulo et Momo, en me montrant deux gars patibulaires dans sa troupe, l'ont tenu, pour que Johnny lui mette un bon coup de poing en pleine gueule et là, comme par magie, il pouvait nous rendre notre argent. On l'a traîné chez lui et il est allé chercher les biffetons qu'il nous devait, après on s'est cassé vite fait du coin. Et tu peux croire Johnny, le gars était vivant, amoché d'accord, mais bien vivant quand nous sommes partis.

— Quelle heure était-il, quand vous êtes passé le voir ?

— Johnny n'a pas regardé l'heure, en tout cas c'était avant le coup d'envoi du match de la finale de la coupe du monde de foot, on a réussi à notre retour à le voir depuis le début.

— Le coup de poing que vous lui avez donné était au visage ?

— Oui, Johnny t'l'a dit, c'était une bonne gauche de derrière les fagots, qu'il a reçue dans sa face de poivrot.

Un coup au visage du poing gauche percute normalement le côté droit de celui qui le reçoit, j'avais au moins l'explication de l'œil au beurre noir de Laurent qui me tracassait depuis le début et donnait de la véracité à ses propos.

— Merci de toutes ces explications. Si vos deux loustics, en les désignant du doigt, confirment vos propos, je vais pouvoir vous enlever de la liste des suspects. Les deux firent oui de la tête.

— C'est très bien, je ne vous dérange pas plus longtemps, au revoir.

Avant même qu'il ne me réponde, je fis demi-tour, et tout en serrant les fesses je parcourus doucement le chemin pour rejoindre ma voiture. Je traversai la foule, qui n'ayant pas reçu l'ordre du Johnny de pacotille de m'arrêter, s'entrouvrit à contrecœur à mon passage. Sans un regard en arrière pour la petite troupe, je montai dans ma voiture et démarrai hâtivement, heureux de quitter cet endroit avec tous mes abattis.

Léon, que j'avais réveillé brusquement en entrant dans la voiture pour démarrer en trombe et fuir le plus vite possible, se secoua bruyamment et par je ne sais quelle intuition dont il avait le secret, sentit que j'avais pris la direction de la maison et il passa entre les deux sièges avant pour s'installer bien assis sur celui du passager en regardant la route, sa place favorite quand nous rentrions au bercail.

Je le regardai :

— Tu as raison, nous rentrons à la maison et tu as bien fait de rester dans la voiture car j'ai eu chaud, ce ne sont pas des gentils ces énergumènes, cependant j'ai eu des informations importantes et si j'en crois ce que m'a dit ce Johnny, je peux le supprimer de ma liste de suspects.

Je pris l'autoroute et tout en accélérant je poursuivis ma réflexion.

— Sauf si, bien sûr, il est revenu plus tard pour régler son compte à Laurent. Il m'a dit qu'il a été remboursé mais hormis le témoignage de ses deux compères, rien ne le prouve et on peut imaginer qu'il aurait pu vouloir faire un exemple face à d'autres éventuels mauvais payeurs ou alors aller chercher l'endroit où Laurent rangeait son argent... Mais de là à le tuer, j'ai du mal à y croire, c'était une source de revenus pour Johnny, c'était plus intéressant pour lui que Laurent soit vivant et continue, une fois liquidé son nouveau magot, à dépenser sa paye au jeu au-delà du raisonnable.

La nuit remplaça facilement le jour et après avoir allumé mes phares, je déclarai à Léon.

— Nous avons beaucoup de renseignements pour cette première journée, tu ne trouves pas ?

Et nous rejoignîmes nos pénates en espérant un lendemain aussi fructueux.

Chapitre 6

Le lendemain, après une grasse matinée bien méritée, je passai le reste du temps à lister sur mon grand tableau blanc tous les éléments de cette nouvelle enquête et toutes les personnes liées à cette affaire. Après le déjeuner, je pris le chemin de la zone industrielle où était implantée la plus grande usine d'automobiles de la région, dans l'espoir d'interroger Franck.

Suivant les indications de Christelle, je trouvai facilement le café en face de l'entrée de l'établissement et j'y entrai. Il était un peu plus de quatorze heures et cela grouillait de monde, je repérai facilement Franck, ce grand gaillard à la barbe et aux cheveux couleur de feu dépassait d'une tête tous les autres. Il était avec un groupe à discuter debout dans un coin du bar autour de tables hautes. Je m'approchai difficilement en jouant des coudes et je finis par être suffisamment près de lui pour capter son attention et lui parler malgré le brouhaha des conversations.

— Bonjour, je suis détective privé et j'enquête sur la mort de Laurent, j'aimerais vous poser quelques questions sur les rapports que vous aviez avec lui.

Il me regarda avec étonnement :

— Pourquoi enquêter sur un suicide ? De toute façon je n'ai rien à vous dire sur Laurent. Et il me tourna le dos en guise de non-recevoir.

Il était bien plus grand que moi et je dus me dresser sur la pointe des pieds pour arriver à lui chuchoter à l'oreille.

— C'est Christelle qui m'a dit où je pouvais vous trouver, elle m'a raconté toute votre histoire. Maintenant, si nous ne pouvons pas parler ici, on peut se retrouver chez vous pour discuter de tout cela devant votre femme.

Il se retourna d'un coup, ses yeux me lancèrent des éclairs et j'eus peur de quelques coups en retour, mais non, il me dit discrètement en se penchant vers moi :

— Je ne veux pas parler de ça devant les autres, sortez en douce après moi et retrouvons-nous sur le trottoir d'en face et il se dirigea vers la sortie.

J'attendis quelques minutes avant de le rejoindre.

Tout de suite, il m'invectiva.

— Que me voulez-vous ? Je n'ai rien à voir avec le suicide de Laurent !

— Certainement, mais je suis surtout venu vous parler des relations que vous aviez avec lui, j'aimerais avoir votre point de vue.

— Elles étaient très mauvaises. Depuis qu'il m'avait surpris avec Christelle, ma vie au travail était devenue impossible, il en avait toujours après moi, il me refusait le choix de mes dates de vacances et dès qu'il y avait le moindre problème sur la chaîne de montage, il m'accusait toujours d'en être le responsable. J'ai demandé à plusieurs reprises à la DRH de me changer d'équipe mais à chaque fois il a bloqué mon transfert. Je n'osais pas trop me plaindre auprès de la direction, vu qu'il me menaçait d'aller voir ma femme.

— Vous vous fréquentez toujours avec Christelle ?

Il hésita.

— Je vous avoue que nous avons continué quelque temps à nous voir après que Laurent nous ait surpris ensemble mais c'est vraiment fini depuis des mois.

— Vous êtes déjà allé chez lui ?

— Chez Laurent ? Non jamais, je ne sais même pas où il habitait.

— Voyez-vous une raison à son suicide ?

— Oh que oui ! Je sais qu'il était alcoolique, son addiction au jeu d'argent lui faisait dépenser des sommes folles, allant même jusqu'à emprunter de l'argent quand il avait bouffé sa paye, il n'avait pas d'amis et depuis la fin de l'histoire avec Christelle il n'avait plus de copine. Alors toutes ces raisons cumulées peuvent, pour un dépressif comme il était, mener au suicide. Vous ne pensez pas ?

— Si l'on veut. Comment savez-vous qu'il empruntait de l'argent ?

— C'est Christelle qui me l'a dit.

— Eh bien, on dirait qu'elle n'avait pas de secret pour vous ! Mais pourquoi dites-vous qu'il était dépressif ?

— Cela se voyait et Christelle le pensait, elle aussi. Il avait toujours un air maussade, renfermé sur lui-même, on aurait dit qu'il était toujours tourmenté et il ne parlait pas beaucoup aux autres, ce sont des signes non ?

— Oui, ça se pourrait. Il était en conflit avec vous, mais comment s'entendait-il avec vos autres collègues ?

— Pas beaucoup mieux, depuis des années on a cette habitude de tous se retrouver ici après le travail, mais jamais il ne s'est lié d'amitié avec l'un de nous. Il s'envoyait deux ou trois verres et après un « Salut les gars à demain », il s'en allait.

— Il n'était pas sociable en effet. Vous ne voyez rien d'autre à me dire ?

— Non, rien d'autre.

— Bon, merci de vos réponses, je vous laisse retrouver vos collègues.

Après un petit signe de la main, il repartit tout de suite vers le café.

Je rejoignis ma voiture à pas lents en réfléchissant à cette discussion peu informative, quand un jeune homme s'approcha.

— Excusez-moi, j'ai entendu ce que vous disiez à Franck dans le café. Si j'ai bien compris, vous êtes détective privé et vous enquêtez sur les causes du suicide de Laurent, c'est bien cela ?

— Oui, c'est exact, vous avez quelque chose à me dire ?

— Oui, je m'appelle Kevin, je fais partie de l'équipe de Laurent. Vous savez, il n'était pas aussi désagréable comme Franck a pu vous le dire, son problème c'est qu'il avait un gros secret qui le rongeait depuis des années.

— Un gros secret ?

— Oui, il était gai !

— Gai, ça m'étonne ! Il était plutôt du genre triste.

— Non, il était gay, du genre homosexuel !

— Ce n'est pas possible ! Je n'y crois pas un seul instant, comment pouvez-vous affirmer cela !

— C'est simple, moi aussi je le suis et je le voyais régulièrement dans un bar de la ville où la communauté homosexuelle du coin se retrouve et quand on s'y croisait, on se saluait discrètement. Cependant, au travail nous n'en avons jamais parlé, c'était notre secret, surtout qu'ici, dans le milieu ouvrier où nous travaillons, nous aurions eu des problèmes, ils sont tous un peu homophobes.

— J'ai du mal à me faire à l'idée que Laurent était homosexuel, rien ne l'indiquait chez lui, mais pourquoi me le dire ?

— Parce que, la veille de sa mort j'étais dans ce café et j'ai vu Laurent se disputer durement avec son compagnon attitré et l'autre a été menaçant. Alors quand j'ai appris son suicide, je me suis dit que ce n'était peut-être pas une coïncidence.

— Oui, cela peut être une piste pour trouver les raisons de son geste, mais pourquoi vous dites "son compagnon attitré", vous pensez qu'ils étaient en couple, si l'on peut dire ?

— Oui, c'était évident au vu de leur comportement et je les ai vus, à maintes reprises, quitter le café ensemble.

— Cela durait depuis longtemps ?

— À ma grande surprise, car j'étais loin de penser que Laurent pouvait être gay, je l'ai vu entrer dans ce bar pour la première fois il y a près d'un an maintenant et c'est là qu'ils se sont rencontrés et ils se sont mis ensemble rapidement.

— Vous savez comment je peux faire pour retrouver cet homme afin de le questionner ?

— Venez ce soir un peu avant vingt-deux heures devant ce bar pour m'y attendre sans vous montrer. Je vous note l'adresse. Il griffonna l'information sur le journal qu'il avait dans les mains, arracha la page et me la donna. « Le gars ne doit pas habiter très loin car il y est quasiment tous les soirs. Généralement quand il est là, il part vers cette heure-là et dès que je le verrai sortir, je vous rejoindrai dehors pour vous le montrer. Après ce sera à vous de jouer. Par contre, je ne veux pas être mêlé de près ou de loin à cette histoire et tout ce que je vous ai dit doit rester entre nous. »

— Bien sûr, vous pouvez compter sur moi, je garderai le secret.

— D'accord, alors à ce soir, et il partit rejoindre ses collègues.

Après être retourné chez moi pour prendre un dîner léger et patienter le temps nécessaire en regardant la télé, à l'heure voulue, je quittai sans bruit mon appartement pour ne pas réveiller mon Léon qui ronflait profondément, allongé de tout son long sur mon lit et retournai en ville. Je laissai ma voiture à quelques rues de l'adresse indiquée et un peu avant vingt-deux heures, j'arrivai en vue du bar. Dans cette nuit noire de fin décembre, la devanture tout illuminée formait un halo lumineux qui était visible de loin. En m'approchant, j'entendis clairement le flot de musique qui en sortait mais cela restait discret, on était loin du boucan des boîtes de nuit.

C'est vrai que pour un jour de semaine, il y avait beaucoup de monde dans ce bar, avec des allées et venues incessantes. En grelottant, je me mis dans un recoin d'une porte cochère juste en face et attendis patiemment. Après un bon moment, je fus surpris par une vieille femme sortant de son immeuble en poussant une poubelle, qui, dès qu'elle me vit, s'écria.

— Qu'est-ce que vous faites ici, partez, allez faire vos saloperies ailleurs !

— Veuillez m'excuser, je ne fais rien de mal, j'attends juste un ami.

— Taratata, je connais la musique ! Partez de là où j'appelle la police !

Sur cette injonction menaçante, je sortis promptement du recoin pour aller me réfugier un peu plus loin dans un autre emplacement aussi discret et que j'espérai plus tranquille, pour reprendre ma réfrigérante attente.

En y repensant, cela m'avait semblé énorme quand Kevin m'avait appris que Laurent était homosexuel et pourtant cela expliquait son comportement bizarre avec Christelle et même le fait qu'il voulait se montrer dans le village avec elle à son bras, comme si quelqu'un avait peut-être eu des soupçons sur son homosexualité et qu'il voulait prouver le contraire.

Au moment où il me sembla que j'étais devenu un énorme esquimau glacé, Kevin sortit du café et se mit à me chercher du regard. Je m'avançai sous la lumière d'un réverbère et lui fis signe, il traversa en courant la rue et l'on rejoignit le recoin sombre.

— C'est bon, il va bientôt sortir, je l'ai vu aller chercher son manteau.

On attendit quelques minutes puis un groupe de trois personnes sortit.

— Le voilà, parmi les trois, c'est le grand blond.

Je pris mon téléphone et quand ils passèrent dans la lumière d'un réverbère, je zoomai sur l'homme en question et pris quelques photos.

Il était le plus "précieux" des trois, dans sa gestuelle et sa démarche, tout son comportement faisait penser qu'il était homosexuel.

— À vous de jouer, me dit Kevin, je vous laisse faire. N'oubliez pas, c'est la seule fois où je vous aide et nous ne nous connaissons pas.

— Pas de souci, j'ai bien compris. Bonne nuit.

Il partit rapidement à l'opposé du groupe.

Je suivis les trois hommes de loin. Mais avec les deux autres gars avec lui, je ne savais pas trop comment faire pour aborder le grand blond.

La chance me sourit, puisqu'une dizaine de mètres plus loin les deux autres hommes le quittèrent.

J'allongeai le pas et le rattrapai facilement. Arrivé à sa hauteur, je lui dis :

— Excusez-moi, je suis détective privé et je fais une enquête à la suite du décès de Laurent.

Il s'arrêta net, me regarda.

— Je pense qu'il y a méprise sur la personne. Vous me dites que vous enquêtez sur la mort d'un certain Laurent, cependant je ne connais personne de ce nom.

Je fus surpris et décontenancé de sa réponse.

— Euh, vous ne connaissez pas Laurent ? Je sortis de ma poche la photo que j'avais décrochée du mur dans la maison et je la lui montrai « Regardez, c'est lui sur cette photo, il s'est peut-être présenté à vous sous un autre nom ? »

Il regarda attentivement la photo.

— Non, désolé, je ne connais pas cet homme.

— Il m'a été rapporté que vous vous êtes pris le bec avec lui dans le bar que vous venez de quitter, le dix-sept décembre exactement, c'était un samedi soir.

Avec une pointe d'énervement dans la voix :

— Je vous dis que je ne connais personne du nom de Laurent et que je ne connais pas l'homme sur votre photo. C'est peut-être vrai que je me suis énervé après quelqu'un ce samedi-là, je le fais malheureusement fréquemment quand j'ai trop bu, mais ce n'est certainement pas avec ce monsieur, je m'en souviendrai quand même. Merci de me laisser tranquille, et il reprit sa marche efféminée en me laissant comme un idiot sur le trottoir.

J'étais dépité. Que Laurent soit gay expliquait trop bien son comportement avec Christelle et rajoutait une piste à suivre pour expliquer sa mort. Cependant il fallait que je me fasse une raison, Kevin s'était certainement fourvoyé depuis le début en croyant reconnaître Laurent alors que c'était un autre homme qui devait beaucoup lui ressembler... Oui, mais s'il ressemblait à Laurent, le grand blond m'aurait dit qu'il connaissait une personne lui correspondant… Ce n'était pas vraiment clair, cette histoire.

C'était une journée gâchée qui ne m'avait pas vraiment fait avancer dans mon enquête. Cependant j'espérai plus de réussite pour le lendemain puisque j'avais décidé de rencontrer les voisins de Laurent dès le matin.

Chapitre 7

Le lendemain matin, après avoir laissé mon Léon de nouveau seul dans la voiture, j'arrivai devant la maison de Gustave et son frère. Je sonnai au portail et vis arriver, ventre à terre, deux énormes molosses qui se jetèrent sur le grillage et m'accueillirent avec des aboiements féroces. J'eus un mouvement de recul, cette simple clôture qui me séparait d'eux et sur laquelle ils étaient dressés ne me disait rien qui vaille, je m'attendais à ce qu'elle cède sur la poussée des deux énormes chiens.

Après une longue attente sous les aboiements répétés, une voix se fit entendre.

— Superman, Batman, à la niche !

Comme un seul homme, les deux cerbères cessèrent d'aboyer et firent demi-tour pour disparaître derrière la maison.

Je vis arriver à petits pas, loin du physique que l'on peut imaginer d'un adepte des superhéros de comics américains, un petit bonhomme aussi large que haut, béret vissé sur la tête avec une bonne bouille toute ronde et joviale. Il était vêtu d'une vieille salopette en jeans usée jusqu'à la corde et ne portait en dessous, malgré le froid de la saison, qu'un marcel bleu marine, laissant voir ses bras potelés et ses épaules velues.

Il s'arrêta à cinq mètres du portail et cria.

— Qu'est-ce que vous vendez ?

— Non, je n'ai rien à vendre ! Je viens voir Gustave, c'est vous ?

— Ben oui, que me voulez-vous ?

Je repartis sur ma phrase habituelle :

— Bonjour, je suis détective privé et je fais une enquête sur la mort de votre voisin Laurent.

— Alors non, concernant celui-là, je n'ai rien à vous dire, et il rebroussa chemin.

Je criai avant de le voir disparaître.

— Les gendarmes ont trouvé un béret qui vous appartient dans sa cuisine et comme ils sont au courant qu'il y avait des discordes entre vous, ils trouvent cela étrange et suspect.

À ces mots, il se retourna et revint vers moi.

— Vous me dites qu'ils ont retrouvé un de mes bérets chez Laurent ?

— Oui, c'est exactement ça.

— Mais vous êtes sûr que c'est un de mes bérets ?

— Oui, quelqu'un l'a formellement reconnu.

— Des bérets j'en ai plusieurs. Cela dit, c'est vrai qu'il y a quelques jours, j'en ai perdu un, mais comment a-t-il pu se retrouver chez Laurent ?

— Je peux entrer pour en discuter ?

Il acquiesça d'un mouvement de tête et vint ouvrir le portail.

— Suivez-moi, il fait plus chaud à l'intérieur.

On se dirigea vers la maison, qui était un vieux corps de ferme retapé, avec de toutes petites fenêtres et de gros murs de pierres nues. Avant d'entrer, il laissa ses chaussures crottées sur le seuil pour enfiler une bonne paire de charentaises recouvertes du traditionnel imprimé "tartan" qui attendaient sagement sur le tapis-brosse. Il poussa la lourde porte et l'on pénétra dans une très grande salle carrelée de tommettes couleur rouge brique, c'était la pièce principale de la maisonnée. Juste en entrant sur la gauche, il y avait la partie cuisine reconnaissable à son vieux fourneau au gaz, son antique évier aussi profond que large jauni par le temps, ses meubles en contre-plaqué et sa petite table en formica jaune à rallonges. Au fond de la pièce, prenant une bonne partie de la surface, trônait une énorme table de bois brut flanquée de ses deux grands bancs et d'un vaisselier en bois léger d'avant-guerre plaqué au mur qui complétait ce coin repas.

Face à moi se dressait une énorme cheminée, de style moyenâgeux dont l'âtre en fonte était masqué en partie par des bûches en flammes qui apportaient une chaleur réconfortante en ces jours de froid. Devant ce foyer se trouvaient un vétuste canapé râpé et défoncé aux couleurs passées et deux fauteuils dépareillés pas vraiment plus récents, dont un était occupé par un vieil homme rabougri qui ressemblait à

Gustave et qui me fit un triste signe de bienvenue auquel je répondis par un hochement de tête.

— C'est mon frère aîné, il ne parle plus beaucoup, il est très diminué depuis son attaque cardiaque.

Il se dirigea vers la petite table de cuisine, retira son béret, mettant à jour un crâne lisse comme un œuf et le plaça dans sa poche arrière, puis en tirant une chaise me dit :

— Asseyez-vous, je vais vous servir de quoi vous réchauffer.

Il sortit d'un placard une bouteille sans étiquette, prit deux verres dans l'égouttoir et les remplit d'un liquide transparent, confirmant la coutume du village qui était de servir un verre aux visiteurs, ce qui n'était pas pour me déplaire.

— C'est une eau-de-vie de prune faite maison, vous allez voir, elle est extra, vous m'en direz des nouvelles.

Je bus une gorgée et fus pris d'une quinte de toux. C'était tellement fort que j'avais l'impression que mes dents allaient fondre et je ne ressentais plus rien dans la bouche, un vrai anesthésiant.

Je réussis à reprendre ma respiration et à lui dire.

— Waouh, c'est du costaud !

— C'est fait pour ça, pour nous réchauffer l'hiver. C'est une double distillation qui sublime le produit, vous ne trouvez pas ?

— Oui, c'est du bon, mentis-je, en espérant retrouver un jour le goût.

Il s'assit.

— Alors pour cette histoire de béret, dites-moi donc pourquoi les gendarmes, s'ils l'ont retrouvé chez Laurent et qu'ils trouvent cela étrange, ne sont pas déjà ici pour m'interroger ?

On ne la lui faisait pas à Gustave !

— Je ne sais pas, peut-être qu'avant de venir vous voir, ils cherchent à en savoir plus sur vos relations de voisinage et pendant ce temps je mène mon enquête de mon côté.

— Qui vous a engagé ?

— Germaine.

— Mais pourquoi diable vous a-t-elle demandé de faire une enquête, puisque c'est un suicide à ce que l'on m'a dit ?

— Elle doute que son neveu se soit donné la mort et si ce n'est pas un suicide, cela pourrait être un meurtre.

— Un meurtre, comment c'est possible dans notre village et pour quelle raison ?

— Attendez, ce n'est juste qu'une éventualité, mais si c'est le cas, elle aimerait comprendre et comme elle ne fait pas entièrement confiance à la gendarmerie pour mener à bien cette enquête, elle a fait appel à moi.

— Je la comprends, les gendarmes d'ici ce ne sont pas des flèches. Alors, que voulez-vous savoir ? Je peux d'ores et déjà vous dire que mon frère et moi n'avons rien à voir avec sa mort et je vous préviens que nous n'avions pas de bonnes relations avec le défunt alors, cela va être difficile de vous en parler dans de bons termes.

— Pour commencer, vous dites que vous avez perdu un béret, avez-vous une idée de l'endroit où vous l'auriez égaré ?

— Oui, je sors toujours avec un béret sur la tête, vous comprenez pourquoi, en me désignant sa boule de billard « et je suis sûr que je l'ai perdu au café il y a quelques jours. Demandez à René, le propriétaire de l'établissement, il vous le confirmera. Je ne comprends pas ce qui s'est passé pour qu'il se retrouve chez Laurent, c'est vraiment incompréhensible cette histoire. »

— Cela fait longtemps que vous avez de mauvaises relations avec votre voisin ?

— Oh oui ! Nous n'avons jamais été amis et nous nous supportions tout juste comme voisins mais depuis la mort de sa mère, ça a empiré, il avait toujours quelque chose à nous reprocher et nous nous engueulions régulièrement par-dessus la haie qui nous sépare.

— Pour quels motifs aviez-vous ces querelles ?

— Ce n'était que pour des broutilles, des branches qui dépassaient chez lui ou les chiens qui l'empêchaient de faire la sieste, tout était bon pour nous casser les pieds. Mais nos disputes se sont aggravées quand il a commencé à nous emmerder avec son histoire de terrain. C'est pourquoi je peux vous confirmer que non, nous ne nous entendions pas bien du tout.

— Vous avez perdu le procès qui vous opposait, paraît-il ?

— Oui, je ne sais pas comment l'avocat de ce salopard a fait pour gagner ce procès. Cette histoire de bornage de terrain remonte à tellement longtemps, nous n'étions même pas nés. Et aujourd'hui, en présentant simplement de vieux documents du temps de son père et de son grand-père, il nous réclame un bout de terrain qui nous a toujours appartenu et cela a suffi pour que nous perdions en justice. Maintenant, la justice nous demande de détruire le vieux mur qui nous sépare, d'abattre les grands arbres qui ont été plantés le long et lui donner près de dix ares de notre terrain. C'est totalement injustifié.

— Quand avez-vous appris sa mort ?

— Dès le lundi matin. Nous avons su très vite qu'il y avait un problème car il y avait des bagnoles de gendarmes et de pompiers partout dans l'impasse. C'est notre voisin le serrurier qui, en revenant de chez Laurent, nous a informés qu'ils l'avaient trouvé mort et que ça ressemblait à un suicide.

— Tout indique qu'il est mort le dimanche après-midi, vous vous rappelez où vous étiez durant ce temps-là.

— Oui très bien, cela ne s'oublie pas puisque c'était le jour de la finale de la coupe du monde entre la France et l'Argentine et nous avons passé une bonne partie de cette après-midi à suivre l'évène-ment devant notre télé.

— Pendant cette journée il n'y a rien eu d'anor-mal du côté de chez Laurent ?

— Ben non. À part qu'il s'est amusé, comme cela lui arrive de temps en temps quand il a un coup dans le nez, à tirer avec ses pistolets sur des bouteilles dans sa grange au fond de son jardin.

— Pourquoi dites-vous qu'il faisait ça quand il était saoul ?

— Parce qu'à chaque fois que nous y sommes allés pour lui demander d'arrêter, il nous a reçus dans cet état-là.

— Il faisait ça aussi du temps de sa mère ?

— Oui, ça a commencé après le décès de son père quand il a dû récupérer les vieilles pétoires.

— Et sa mère ne lui disait rien ?

— Non, quand on lui demandait d'intervenir pour qu'il arrête, et nous n'étions pas les seuls voisins à le faire, elle nous répondait qu'elle n'y pouvait rien.

— Vous entendiez les coups de feu de chez vous.

— Oui, on les entendait toujours, ça faisait un potin du diable. L'été, quand on n'en pouvait plus de ses fusillades assourdissantes, nous étions obligés de fermer portes et fenêtres et d'allumer la télé pour ne plus entendre le bruit.

— Ça lui arrivait souvent de faire ça ?

— C'était par périodes, des fois, nous étions tranquilles pendant des mois et hop, cela repartait pendant quelques jours puis de nouveau cela s'arrêtait.

— Et cette fois-ci quand a-t-il recommencé à tirer ?

— Justement, ça a repris ce dimanche, nous avons été surpris parce que cela faisait quasiment un an qu'on était peinards.

— Et ce jour-là, avez-vous entendu une détonation vers dix-sept heures trente ?

— Euh....vers cinq heures trente de l'après-midi, ça ne me dit rien…je me souviens que la pétarade a commencé juste après le déjeuner et elle s'est terminée dans le milieu de l'après-midi. Après nous étions devant la télé pour le match et mon frère est un peu sourdingue, alors on met le son très fort.

— Comme vous êtes dans une impasse, tous les visiteurs de Laurent passent obligatoirement devant chez vous et font aboyer vos chiens, n'est-ce pas ?

— Oui, ils sont là pour ça.

— Et vous vous rappelez s'il y a eu des visites durant cette journée.

— Vous savez, on n'est pas là à surveiller ce qui se passe chez nos voisins. Mais oui, avant le début du match, alors que j'étais dans le jardin avec les chiens, j'ai vu passer Johnny et deux gars en moto qui sont allés le voir. Ça a gueulé fort d'ailleurs.

— À quelle heure est-ce arrivé ?

— Bien avant le coup d'envoi qui était prévu à quatre heures, alors on va dire qu'il était aux environs de trois heures, d'ailleurs c'est quand ils sont arrivés chez lui que la canonnade s'est arrêtée.

— Vous connaissez ce Johnny ?

— Oui, on connaît tous cet énergumène qui joue les caïds dans la cité à l'entrée de la ville et qui vient de temps en temps au village faire son guignol avec sa bande d'attardés et je peux vous dire qu'il faut s'en méfier comme de la peste de ce personnage, c'est un voyou et je ne comprends pas comment Laurent pouvait fricoter avec lui.

— Y a-t-il eu d'autres allées et venues dans l'après-midi ?

— Ben non rien... Ah si, avec l'âge, ma mémoire me joue des tours. Il y a eu un moment où de nouveau mes chiens n'arrêtaient pas d'aboyer, alors je suis allé voir ce qui les mettait en rogne. Ils s'énervaient sur une voiture rouge qui était garée pile-poil devant chez nous, avec un gars au volant qui ne réagissait même pas aux aboiements. Je suis sorti et je lui ai dit d'aller se garer ailleurs pour ne pas exciter les chiens.

— Comment était-il physiquement ?

— C'était un grand roux avec une grosse barbe.

— Vous le connaissiez ?

— Il me semble l'avoir déjà vu dans le village. C'est un de ces "Parisiens" qui habite le nouveau lotissement, ces gens-là n'ont rien apporté de bon dans la commune depuis leur arrivée, je peux vous le dire.

— Encore une fois, vous avez une idée de l'heure qu'il était.

— Oui, j'ai regardé ma montre car je n'étais pas content d'être dérangé en plein match et il était cinq heures.

— L'homme, était-il accompagné ? Est-il sorti de sa voiture ?

— Ben, il était seul dans son véhicule et il est parti se garer devant le portail de Laurent, après je ne sais pas s'il est sorti de sa voiture ou s'il est resté dedans. Par contre comme j'étais dehors, j'ai bien entendu que la pétasse de Christelle s'engueulait avec Laurent.

— Comment savez-vous que c'était Christelle ?

— Avec la voix qu'elle a, c'est impossible de se tromper.

— Ils se disputaient souvent ?

— Avant oui, quand ils sortaient ensemble mais nous ne l'avons plus jamais revue ici depuis leur rupture et c'était même étonnant qu'elle revienne le voir.

— Vous savez pourquoi ils se disputaient.

— Non, mais cela devait être pour des affaires d'argent.

— Pourquoi dites-vous ça ?

— Ben, avec Christelle tout est une histoire de fric. Quand elle était jeune, elle passait d'un gars à l'autre, suivant ce qu'ils pouvaient lui payer, vous voyez le genre.

— A cette époque cela ne vous a pas paru étrange, cette liaison entre Laurent et Christelle, ils étaient très différents, paraît-il ?

— Non, c'était quelques mois après la mort de sa mère, il claquait beaucoup d'argent à droite et à gauche, jolie voiture et beaux habits, certainement l'héritage de sa mère qu'il croquait. Et comme je vous l'ai dit, la Christelle, quand elle sent qu'il y a du fric, elle est comme les guêpes attirées par l'odeur du sucre, elle est arrivée rapidement et lui a mis le grappin dessus.

— Pour revenir à ce dimanche, après avoir entendu ces éclats de voix, avez-vous entendu autre chose ?

— Ah non, je me suis dépêché de mettre les chiens dans la grange pour la nuit pour que l'on soit tranquilles et je suis rentré pour regarder la fin de ce satané match, car vous êtes d'accord avec moi, c'est une honte cette finale, le gardien argentin aurait dû être sanctionné ! Nous étions dégoûtés du résultat, mon frère et moi.

— Sinon, vous connaissez bien Germaine, sa tante ?

— Oui, c'est une fourbe celle-là, on l'évite quand on peut mais elle est souvent au café et à chaque fois qu'elle nous voit, il faut qu'elle vienne s'asseoir à notre table pour nous parler.

— Ah bon, cela lui arrive souvent ?

— Elle vient toujours coller les gens pour leur raconter les derniers potins et surtout leur tirer les vers du nez, elle le fait avec tout le monde.

— Elle allait souvent voir son neveu ?

— Non, on ne l'a pas vue depuis la mort de sa sœur, mais on n'est pas toujours là.

— Bien, je notai hâtivement ces renseignements « pour le moment, je n'ai plus rien à vous demander. Je vous remercie d'avoir répondu à mes questions. »

Je réussis à finir mon verre de tord-boyaux et me levai. Une fois debout, tout se mit à tourner autour de moi, l'alcool m'était monté à la tête et je ne me sentais pas très bien.

Il se leva à son tour et me donna une poignée de main vigoureuse. J'essayai tant bien que mal de maintenir mes yeux ouverts et de me tenir aussi droit que possible.

— Ça va aller, vous êtes tout pâle ?

— Oui, il me faut un peu de temps pour que les vapeurs d'alcool se dissipent, je n'ai pas l'habitude de boire de l'alcool fort aussi tôt dans la journée.

— Ne vous inquiétez pas, ça va vite passer, c'est une boisson cent pour cent bio. En tout cas, je suis content d'avoir pu parler avec un vrai détective privé, c'est comme dans les films. Vous pouvez revenir quand vous voulez.

— Merci, je reviendrai si besoin.

Et je le quittai un peu chancelant.

Je remontai dans ma voiture, réveillant de nouveau mon Léon. Et tout en lui grattant le haut de la tête, ce qu'il aimait bien :

— Excuse-moi mon gros de te réveiller alors que tu avais l'air si bien.

Il me regarda à travers ses paupières à demi ouvertes. Content d'avoir son attention, je poursuivis.

— Tu sais, j'ai appris beaucoup de choses qui font avancer mon enquête. Néanmoins, si l'on considère que c'est un meurtre, ces deux frères, même si le plus vieux a l'air mal en point, restent les meilleurs suspects. Ils ont eu tout le temps qu'il faut pour aller chez Laurent et le tuer sans être vus, quoique l'on peut quand même se demander quel avantage ils en tireraient, puisque que le procès qui les opposait a déjà eu lieu et qu'ils l'ont perdu. Peut-être par vengeance ? C'est léger comme raison, tu ne trouves pas ? Sans attendre sa réponse, je poursuivis « mais le plus important c'est qu'il faut que je retourne voir Christelle et Franck, ils m'ont raconté de beaux bobards ceux-là ! Tu sais mon vieux, on va avoir du boulot à rétablir la vérité avec cette bande de menteurs » et je démarrai.

En passant devant le "café des sports" au centre du village, je me suis dit que j'allai en profiter pour vérifier tout de suite auprès du patron ce qui s'était réellement passé avec ce béret et essayer d'obtenir quelques informations pour mon enquête. J'avais aussi un grand besoin de me remettre les idées en place, l'alcool m'embrouillait encore un peu et je sentais un début de migraine me vriller la tête. Je me garai devant et entrai dans le bar.

J'y étais déjà entré il y a des années et j'avais comme souvenir de ce lieu que le seul sport pratiqué avec assiduité était le lever de coude et qu'il y avait des champions de classe internationale dans le village.

C'était une belle salle meublée, comme dans les antiques cafés parisiens, de chaises et tables de bois et de grandes banquettes rouges longeant les murs, avec le traditionnel "zinc" qui prenait tout un côté. Sur le mur du fond était accrochée une énorme télé à écran plat qui était constamment allumée, happant les regards de la plupart des consommateurs.

Ce café était le centre du monde, toutes les réunions publiques ou privées s'y tenaient, c'était le lieu de rassemblement de tous les habitants du vieux village. Il y avait les habitués qui y passaient de nombreuses fois chaque jour pour se jeter un verre dans le gosier, les alcooliques qui y pratiquaient leur dévorante passion, les jeunes qui venaient jouer au baby-foot ou au flipper, les vieux qui passaient leur temps dans des discussions interminables et les esseulés qui aimaient bien s'y retrouver pour voir les films télévisés ou les émissions du soir. C'était comme une grande famille avec ses conflits de générations et ses non-dits, ses engueulades et retrouvailles, ses clans qui se forment puis se disloquent. Mais le plus important était les soirs de match de foot ou de rugby, la salle était alors bondée et bruyante, ici le PSG et le Stade Français avaient leurs plus fervents supporters.

En espérant combattre les effets de l'alcool et le début de migraine, je me hissai sur un grand tabouret devant le bar et je commandai :

— Un double café noir, bien serré s'il vous plaît.

Le patron derrière son bar prépara ma commande et s'approcha pour me servir.

— Ah, mais c'est vous le détective privé que Germaine a engagé pour enquêter sur la mort de son neveu, je vous ai vu l'autre matin.

— Oui, c'est bien moi. C'est elle qui vous l'a dit ?

— Oui, vous savez, elle est bavarde. Elle vient chaque jour en fin de matinée pour acheter son pain et celui de votre grand-mère, c'est sa routine et l'on échange toujours quelques mots.

— La façon dont Laurent est mort vous a étonné ?

— Bien sûr, qu'il se soit suicidé nous a tous surpris, comme quoi on ne connaît jamais vraiment bien les gens que l'on côtoie régulièrement.

— Il paraît que le mois dernier, il aurait payé à boire à tous ceux qui étaient présents dans le bar ?

— Ah oui, cela ne s'oublie pas, c'était une première, je peux vous le dire. Il nous a dit qu'il voulait partager la joie qu'il avait d'avoir gagné gros au jeu.

— Il vous a dit combien et comment il l'avait gagné ?

— Non, il n'a rien voulu nous dire et pourtant on a été plusieurs à le lui demander.

— Vous souvenez-vous de la date ?

— Non pas précisément, mais c'était au début du mois dernier si mes souvenirs sont bons.

— J'ai une autre question. Gustave m'a dit qu'il avait perdu un béret ici.

— Oui, c'est vrai, il y a quelques jours, en fin de matinée au moment de partir, il ne trouvait plus son béret alors on s'est tous mis à le chercher, mais en vain il est reparti tête nue.

— Il avait vraiment son béret en arrivant au café ?

— Alors là, c'est une bonne question, car je n'en ai aucune idée. Je n'ai pas fait attention s'il l'avait sur lui quand il est entré avec son frère. Vous savez, avant midi mon épouse et moi courons comme des fous dans tous les sens, entre le service au bar, la vente de pain, du tabac et les colis à gérer c'est de la folie et encore je ne vous parle pas du temps passé à échanger quelques nouvelles avec nos clients habituels.

— N'empêche qu'il aurait pu arriver sans son béret, vous êtes d'accord ?

— Ben oui… Mais, vous l'avez vu, il est aussi chevelu qu'un genou, alors été comme hiver il a toujours son béret vissé sur la tête et il n'y a aucune raison de mettre sa parole en doute.

— Non, c'est vrai, il n'y a pas de raison de douter de lui.

Les éclats de rire de la salle me firent me retourner vers les clients. Ils avaient tous les yeux rivés sur le grand téléviseur où passait une reprise américaine du célèbre film " la cage aux folles". Ils étaient tous pliés en deux de rire à la vue des déhanchements exagérés des acteurs jouant des homosexuels.

Un des clients interpella le patron :

— Hé, René, tu ne trouves pas que celui-là ressemble au pédé de l'autre jour ?

Je regardai de nouveau l'écran télé. On y voyait un grand blond au déhanchement équivoque. Je faillis cracher mon café et tomber de mon siège, je sortis en hâte mon téléphone et m'approchant du patron et lui dis.

— Ce n'est pas cet homme-là dont il parle ? En lui présentant la photo du grand blond que j'avais pris la veille au soir.

Il regarda attentivement.

— Ah oui ! c'est exactement ce gars, ou cette demoiselle, rigola-t-il. « Il faisait des gestes efféminés en parlant et sa démarche était ondulante. »

Et il se mit à l'imiter en grossissant le trait sous les rires des autres.

— Quel jour est-il venu ?

— C'est impossible d'oublier, c'était pendant la finale de la coupe du monde, il est venu acheter des cigarettes et prendre un remontant. En fait de remontant, il a bu quatre verres de cognac d'affilée, avant de repartir.

— Vous savez ce qu'il était venu faire ici ?

— Non, c'était à la fin de la séance de tirs au but, la tension dans le bar était à son comble et je n'ai pas pris le temps de lui parler.

— Vous savez par où il est parti.

— Pas plus.

— Dommage, merci quand même de vos réponses.

— Il n'y a pas de quoi.

Je bus le reste de mon café noir, cette révélation sur le passage du grand blond dans le village m'avait complètement réveillé et ma migraine avait disparu. Je quittai le bar content des informations récoltées.

— Bonne journée, messieurs.

De retour dans ma voiture :

— Ah mon Léon, quelle histoire, je suis tombé dans un véritable panier de crabes ! Je ne peux me fier à personne, ce sont quasiment tous des menteurs et il y a peut-être un tueur parmi eux, sinon pourquoi me mentir ? En route, allons chez Christelle pour la confronter à ses mensonges et après on essaiera de revoir le grand blond plus tard, pour qu'il s'explique.

Chapitre 8

Il était près de midi quand j'arrivai chez Christelle. Je sonnai au portillon en espérant qu'elle soit là et après un long moment d'attente, la porte s'ouvrit sur sa mère, aussi souriante qu'une pierre tombale, qui, du haut de son perron me lança d'un ton mal aimable.

— Oui, c'est pour quoi ?

— Bonjour, votre fille est là ?

— Non,

— Elle ne déjeune pas avec vous aujourd'hui ?

— Non.

— Elle est au travail ?

— Non.

— Où est-elle alors ?

— Chez Franck.

Prêchant le faux pour savoir le vrai, je lui demandai.

— Chez Franck ? Mais je croyais qu'ils ne se voyaient plus.

— Ben si !

— Cela arrive souvent ?

— Toutes les semaines.

Toutes les semaines ! Ils s'étaient vraiment foutus de moi tous les deux !

— Où habite-t-il ?

— Chez les "parisiens".

— Oui, je sais, mais vous avez son adresse exacte ?

— Non.

— Vous avez au moins son nom ?

— Non.

— Alors, de quelle façon puis-je le trouver ?

— C'est la première maison à droite et il y aura sa voiture rouge garée devant, et avant même d'avoir eu le temps de la remercier, elle avait déjà refermé sa porte.

J'avais tellement hâte d'avoir leurs explications que je courus presque pour rejoindre ma voiture et je démarrai sur les chapeaux de roue pour aller chez "les parisiens".

Lotissement, première maison à droite, voiture rouge, j'y étais. Je sonnai vigoureusement à la porte et attendis patiemment en savourant déjà le moment où je verrai sa tête quand il me reconnaîtra.

Cela ne loupa pas, quand il me vit, il écarquilla les yeux, montrant une surprise teintée de peur.

— Bonjour Franck ! et avec un sourire gourmand et un brin d'ironie « on dirait que vous êtes content de me voir ! »

Et j'entrai avant même qu'il ne m'y invite, passai la petite entrée et débouchai dans la salle à manger et je me mis à crier.

— Bonjour, Christelle, vous pouvez vous montrer, je sais que vous êtes là.

Je la vis apparaître toute penaude dans l'ouverture d'une porte.

Me retournant vers Franck :

— Votre épouse et vos enfants sont absents, on dirait bien !

La tête basse, il me répondit :

— Pour les vacances scolaires, ma femme est partie avec les enfants chez ses parents pour le réveillon du Nouvel An. Je n'ai pas pu aller avec eux car le mois dernier, Laurent a refusé de me donner mes congés aux dates que je voulais. Je dois donc travailler ce soir dans l'équipe de nuit.

— Bien, je crois que vous me devez une explication sur vos mensonges.

— Euh… Oui, je crois que nous vous devons la vérité. Prenez place.

Je pris une chaise en bout de table et ils s'assirent de chaque côté, aussi gênés de la situation, l'un que l'autre.

C'est elle qui prit la parole :

— Excusez-nous de vous avoir menti. C'est vrai, on se fréquente toujours mais il n'y a rien de mal à ça. Ce sont nos affaires et pas les vôtres.

— J'en conviens et je ne vous juge pas, ce n'est pas pour ça que je voulais vous voir.

— Alors, pourquoi êtes-vous ici ?

— C'est à vous de me le dire. Franck vient de me déclarer, « nous vous devons la vérité », je fis avec les doigts de mes deux mains le petit geste pour dire entre guillemets, « Alors quelle est cette vérité ? »

— Je ne sais vraiment pas de quoi vous parlez. Nous venons de vous avouer que nous sortions toujours ensemble, c'est tout simplement ça notre vérité !

— Ah bon, rien à me dire sur ce qui s'est passé le jour où Laurent est mort ?

— Euh..., non, sinon que c'était le jour de la finale de la coupe du monde de football.

— Waouh ! Merci pour le scoop. Non, je pensais plutôt à la visite que vous lui avez rendue, cela ne vous dit rien ?

— Non, nous n'avons pas été chez lui ce jour-là.

Ils commençaient à me chauffer sérieusement les oreilles ceux-là. Je m'emportai en claquant ma main sur la table.

— Mais ce n'est pas possible de mentir comme ça ! Vous préférez que je vous fasse convoquer par la gendarmerie avec le témoin qui vous a vus dans l'impasse ce dimanche ?

Cette fois, c'est Franck qui prit la parole.

— Non, ne dites rien aux gendarmes, oui, c'est vrai que nous y étions, j'ai accompagné Christelle cette après-midi-là parce qu'elle voulait lui parler.

— Mais pourquoi ?

Christelle reprit vite la parole.

— On savait tous qu'il avait gagné de l'argent au jeu. Je suis allée le voir pour qu'il m'en prête un peu, juste assez pour ouvrir mon salon de toilettage dont je vous ai causé l'autre jour et dès que l'affaire aurait bien marché, je l'aurais remboursé.

— Mais pourquoi le dix-huit décembre alors qu'il avait gagné cet argent début novembre ?

— Parce que dans la semaine, il est venu chez moi pour me voir et comme je n'étais pas là, il a juste dit à ma mère qu'il regrettait vraiment ce qu'il m'avait fait et il est parti. J'en ai parlé à Franck le dimanche quand on s'est vus et il m'a dit que c'était certainement pour se racheter et qu'il voulait à coup sûr me donner de l'argent en compensation. N'oubliez pas que j'ai quand même lâché mon emploi pour lui. Alors nous avons décidé d'aller le voir puisqu'il paraissait avoir de bonnes intentions.

— Et alors qu'a-t-il dit quand vous lui avez demandé ?

— Ça n'a pas été aussi simple. D'abord, j'ai eu du mal à le trouver, il n'était pas dans la maison, mais je me doutais qu'il ne devait pas être loin puisque sa voiture était devant. Je l'ai finalement trouvé dans sa grange, endormi assis sur une chaise avec ses deux pistolets à côté de lui et entouré de bouteilles vides. Je l'ai réveillé et là j'ai vu qu'il était complètement bourré. Il était dans un état lamentable, il s'était même donné un coup à l'œil droit qui était rouge et gonflé, je lui ai demandé comment il s'était fait ça, mais il m'a dit que ce n'était pas mes affaires.

— Et ensuite ?

— Ensuite, je l'ai aidé à rentrer chez lui et comme il ne tenait pas debout, je l'ai quasiment porté jusque dans sa nouvelle cuisine où je l'ai assis sur une chaise, il arrivait à peine à garder les yeux ouverts.

— Vous saviez qu'il faisait faire des travaux dans la cuisine ?

— Non, ça a été une vraie surprise et ça avait dû lui coûter bonbon ces travaux car tout a été changé dans la pièce pour pouvoir mettre un énorme frigo et de nouveaux placards. Quand j'ai vu tout ça, je me suis dit qu'il avait empoché un joli magot.

— Et ensuite ?

— La nuit était presque tombée alors j'ai voulu mettre la lumière, mais le temps de trouver le nouvel emplacement de l'interrupteur, désormais placé dans le couloir, il s'était déjà rendormi affalé sur la table, alors, je l'ai réveillé en le secouant un peu.

— Il avait pris ses pistolets en partant de la grange ?

— Non, d'ailleurs c'est la première chose à laquelle il a pensé quand il a été de nouveau à peu près lucide, il m'a demandé d'aller les chercher. Je suis retournée pour les récupérer et je les ai mis dans la boîte en fer qui traînait et qui contenait déjà des boîtes de balles et des chiffons sales puis j'ai rapporté le tout dans la cuisine.

— À quel endroit dans la cuisine ?

— Ben, je les ai déposés sur la table à côté de lui.

— Et après ?

— Après euh..., comme il était encore retombé dans son sommeil, j'ai dû de nouveau le réveiller pour lui demander pour les sous. Mais j'ai tout de suite vu que ce n'était pas le bon moment, l'alcool l'avait mis de très mauvaise humeur. Et contrairement à ce que j'espérais en venant le voir, il a refusé tout net de m'en donner, ni même de m'en prêter et il m'a dit des horreurs, comme quoi je n'en avais toujours voulu qu'à son argent et il m'a traitée de tous les noms. Alors moi aussi j'ai crié et je lui ai dit ses quatre vérités, je n'allais quand même pas me laisser traiter comme ça et je suis partie furieuse.

— Vous avez fermé la porte d'entrée en sortant ?

— Oui, certainement.

— Et vous l'avez fermée à clé ?

— Non, je n'ai jamais eu les clés de chez lui.

— Et après ?

— Après j'ai rejoint Franck dans sa voiture et nous sommes repartis.

— Pourquoi, ne m'avez-vous pas raconté tout cela quand je vous ai interrogée l'autre fois ?

— Quand nous avons appris sa mort le lundi soir, on s'est rendu compte que j'étais peut-être la dernière personne à l'avoir vu vivant ! On a eu peur d'être accusés de l'avoir poussé au suicide et on s'est mis d'accord sur ce que nous devions raconter à la police si nous étions interrogés. Mais on ne nous a jamais rien demandé. À part vous l'autre jour.

— Durant le temps où vous sortiez avec lui, c'est déjà arrivé qu'il boive comme cela.

— Oui, et même que deux ou trois fois j'ai eu le sentiment qu'il buvait beaucoup plus que de raison pour s'échapper de la réalité. De toute façon, il avait un comportement vraiment bizarre, il était capable de passer du rire aux larmes en un instant, à mon avis c'était un dépressif et depuis longtemps. Qu'il se soit suicidé ne m'étonne pas en fin de compte.

Après avoir noté ces quelques informations.

— Avez-vous autre chose à me dire ?

Ils se regardèrent.

— Non, je vous assure que l'on vous a tous dit maintenant.

— OK, je veux bien vous croire. Cependant, si autre chose d'inhabituel dans son comportement ou de ce que vous avez vu, vous revient en mémoire, merci de m'appeler à ce numéro, et je leur laissai sur la table ma carte de visite.

Je les quittai et en remontant dans la voiture je dis à Léon :

— Tu sais, après ce qu'elle vient de m'apprendre, je me demande si le suicide ne redevient pas une cause possible. Un lourd secret inavouable confirmé par la présence du grand blond au village, un alcoolisme important qui l'aidait à supporter sa vie faite de faux semblants et, elle vient de me le confirmer, il semblait être dépressif depuis des années. Tout cela avec des armes à portée de main, cela fait beaucoup.

Il me regardait avec des yeux interrogateurs comme savent faire les chiens. Je ne pus que lui répondre.

— Oui, tu as raison, ce n'est pas si évident que ça !

Je continuais imperturbable malgré le silence de mon interlocuteur.

— Car nous pouvons quand même envisager que ce soient eux qui l'ont tué et déguisé le meurtre en suicide pour venger Christelle… Un peu définitive comme punition, tu ne trouves pas … Mince, je n'arrive pas à trouver un élément déterminant qui m'aiderait à avoir une certitude dans un sens ou dans l'autre.

Je mis ma ceinture de sécurité et démarrai le moteur.

— Allez, mon gars, il nous reste à dire deux mots à cet autre gros menteur de grand blond mais il va falloir que je patiente jusqu'à vingt-deux heures.

Nous avons le temps de rentrer pour manger et même faire une petite sieste, joli programme, tu ne crois pas ?

Le mot magique fit réagir Léon, il sauta sur le siège passager et on regagna notre logis pour quelques heures. Je profitai de cet intermède pour mettre à jour mes notes sur mon tableau et commencer à établir une chronologie des faits connus.

En début de soirée, je repris la voiture en direction de la ville, laissant, comme à son habitude, mon Léon commencer sa nuit, c'est un couche-tôt mon pépère !

Arrivé aux alentours du "bar gay", je laissai ma voiture et rejoignis le même endroit tranquille loin de la vieille et de sa poubelle, là où je m'étais caché l'autre nuit pour y faire le pied de grue. Dans ce petit recoin, je voyais une bonne partie de l'intérieur du café et les allées et venues des clients tout en étant quasiment invisible. Le froid était encore vif, mais contrairement à la première fois, je m'étais habillé en conséquence et emmitouflé dans ma parka d'hiver,

bottes "grand froid" au pied, moufles de ski proté-
geant mes mains et bonnet de laine doublé polaire
enfoncé jusqu'aux yeux, l'attente fut supportable.

Vers vingt-deux heures, je redoublai d'attention.
Je n'avais pas aperçu le grand blond dans le café
mais comme une partie m'était invisible, j'espérai
qu'il y était quand même et regardai attentivement
tous ceux qui sortaient de l'établissement pour ne
pas le louper. Malheureusement, les minutes passèrent, devenant trop lentement des heures et, après
cette attente interminable, j'eus la désagréable surprise de voir les lumières s'éteindre, le personnel sortir et s'éparpiller dans les rues après de rapides
« bonne nuit », sans avoir vu l'ombre du grand
blond. J'avais fait chou blanc et il était plus de mi-
nuit !

Je rentrai chez moi dépité et déçu de ne pas avoir
eu cette explication tant attendue et décidai, malgré
la promesse faite, de demander de nouveau l'aide de
Kevin.

Chapitre 9

Malgré ma courte nuit, j'étais suffisamment vaillant pour attendre, en suivant ce que Franck m'avait dit la veille, la sortie très matinale de l'équipe de nuit. Comme à leur habitude, tous se dirigèrent vers le café du rond-point qui venait juste d'ouvrir pour aller prendre un verre ensemble avant de rentrer chez eux. Je repérai facilement Kevin, et hors de la vue des autres, je réussis à ce qu'il me remarque. Toute la troupe entra dans le café et Kévin qui était resté à la traîne vint me rejoindre.

— Je vous avais dit que nous devions plus nous voir.

— Je sais et j'en suis désolé, mais il faut absolument que je parle de nouveau au grand blond, il détient des informations importantes sur Laurent qu'il ne m'a pas données l'autre nuit. J'ai essayé de le voir hier soir à la sortie du café mais il n'est pas venu ou alors je l'ai loupé quand il est parti et j'ai patienté jusqu'à la fermeture du café pour rien. C'est pourquoi j'ai encore besoin de vous ce soir pour le rencontrer, je vous le promets, c'est la dernière fois que je vous demande de m'aider.

Il hésita longuement… Pour le décider, je tentai :

— Vous pouvez bien faire ça pour la mémoire de Laurent.

Moyennement convaincu, il soupira.

— Bon d'accord, vingt-deux heures comme l'autre soir devant le café.

— Merci ! À ce soir. Et avant qu'il ne change d'avis, je m'empressai de rejoindre ma voiture et regagnai rapidement mon "chez moi" pour retrouver mon lit que j'avais quitté bien trop tôt.

Après cette journée de repos forcé qui me permit quand même de récupérer de cette nuit étriquée, le soir venu, je me mis en route vers le bar. J'étais impatient d'avoir une nouvelle discussion avec le grand blond et ce coup-ci, il n'allait pas botter en touche. À l'heure dite, commençant à bien connaître les lieux, je me mis discrètement à poireauter dans le même endroit sombre. Ce coup-ci, même pas le temps de m'impatienter que Kevin vînt me rejoindre.

— Désolé, je ne peux rien pour vous, il n'est pas là et personne ne l'a vu depuis l'autre jour. Il est peut-être parti pour fêter le réveillon du Nouvel An ailleurs, il faudra revenir la semaine prochaine pour voir s'il est de retour.

— Non, je n'ai pas le temps. Vous m'avez dit que vous pensiez qu'il n'habitait pas loin d'ici, pouvez-vous demander au patron ou aux employés s'ils savent où est son domicile.

Il réfléchit.

— Ça m'embête, je n'oserai jamais poser la question au patron du bar et de toute façon je suis sûr qu'il ne me dira rien. Par contre, il y a un serveur avec qui je m'entends bien et s'il connaît l'adresse du gars, il va bien pouvoir me renseigner. Ne bougez pas, je vais essayer d'avoir l'info.

Je n'attendis pas longtemps pour qu'il revienne avec un grand sourire aux lèvres m'indiquant qu'il avait réussi.

— Alors vous avez l'adresse ?

— Non pas exactement, mais il m'a indiqué où il habitait. C'est facile à trouver, paraît-il, c'est dans la rue juste derrière et il accompagna ses dires par un geste explicite « Il vit dans une petite maison de ville, tout à côté d'une supérette. »

— Merci bien, je vais tout de suite essayer de trouver cette maison et voir si l'homme est bien chez lui.

— Voilà, maintenant que vous avez cette adresse, je vous laisse. Je vais retrouver ce serveur avec qui j'ai vraiment sympathisé et il repartit presque en courant retrouver son nouvel ami.

Pour ma part, je fis le tour du pâté de maisons et trouvai la petite supérette qui était collée, sur un côté, à un petit immeuble et de l'autre à une petite maison de ville à un étage, ce qui facilita grandement ma recherche.

La façade ne comportait qu'une porte et qu'une fenêtre dont le volet était fermé, cependant elle laissait échapper des rais lumineux indiquant une présence.

Je montai les quelques marches jusqu'à la porte et sonnai. Après quelques instants, j'entendis des pas puis la porte s'ouvrit sur le grand blond.

En me voyant, il ne put cacher son étonnement et très vite l'appréhension se lut dans ses yeux, m'indiquant qu'il m'avait bien reconnu malgré la courte entrevue de l'autre jour. Il tenta de refermer la porte, mais j'avais été plus rapide que lui, l'en empêchant par la technique bien connue du vendeur d'aspirateurs, consistant à placer le pied entre la porte et le chambranle. Je poursuivis mon mouvement par un bon coup d'épaule qui ouvrit en grand la porte en le faisant tomber en arrière.

Il s'écria :

— Je vais appeler la police !

— D'accord, comme cela, vous leur expliquerez pourquoi vous étiez sur les lieux le soir du suicide de votre ami Laurent.

Il devint blême et se releva doucement.

Je poursuivis :

— C'est bon, je peux entrer pour en discuter ?

Il me jeta un regard de chien battu, et, du bout des lèvres, me dit:

— Oui, entrez.

Je le suivis et après quelques pas on arriva directement au milieu de la "pièce à vivre", comme on dit maintenant.

Cette maison était aussi petite que l'on pouvait l'imaginer de la rue en regardant l'édifice. Au niveau où j'étais entré, il n'y avait que la pièce principale avec un côté cuisine qui donnait sur la rue et de l'autre côté se trouvait le séjour avec ses larges baies vitrées par lesquelles on voyait un tout petit jardin très faiblement éclairé par des lampes solaires qui, en cette saison, avaient bien du mal à faire leur travail.

Les grandes fenêtres et un escalier de bois en colimaçon permettant d'accéder à l'étage ne laissaient que peu de place pour l'aménagement intérieur. La télévision diffusait une émission de téléréalité où une bande de jeunes essayait de vivre en communauté dans une villa de luxe en bord de mer.

La pièce était meublée dans un style moderne, genre suédois minimaliste, avec juste comme décoration sur les murs blancs immaculés, quelques photos artistiquement agencées.

Je m'attardai un peu à regarder les clichés puisque j'avais tout de suite reconnu Laurent et le grand blond qui posaient devant la tour Eiffel. Les autres photos étaient du même acabit, on les voyait un grand sourire aux lèvres, devant le Manneken-Pis de Bruxelles, la porte de Brandebourg à Berlin, la tour Hassan à Rabat et d'autres monuments que l'on prend en arrière-plan de nos selfies pour se faire des souvenirs. Il y avait même quelques photos de fêtes débridées où, à la vue de leurs visages rouges et hilares, on se doutait que l'alcool devait couler à flots.

Voir Laurent aussi souriant et, semble-t-il, heureux n'était pas l'image qu'il donnait dans son village ou à son travail.

Je me retournai vers le grand blond :

— Par vos mensonges vous m'avez fait perdre mon temps et mon enquête piétine. Maintenant il faut tout me dire sur votre relation avec Laurent.

En m'indiquant un des fauteuils du salon :

— D'accord, asseyons-nous pour en parler.

Il prit la télécommande de sa télévision pour l'éteindre, ce qui mit agréablement fin au verbiage inconsistant que j'entendais. Il s'assit sagement sur l'autre fauteuil et d'un air embarrassé :

— Je ne sais pas par où commencer.

— C'est simple, que faisiez-vous le soir de la mort de Laurent, dans le village où il habitait ?

— Malheureusement, ça, c'est la fin de l'histoire. Je voulais le voir pour faire la paix avec lui car la veille au soir au bar, alors que nous étions bien éméchés, nous nous sommes disputés méchamment et nos propos ont dépassé nos pensées. Nous nous sommes quittés fâchés, comme jamais cela n'était arrivé auparavant.

— Pourquoi cette dispute ?

— Il faut que je vous raconte tout depuis le début de notre histoire pour que vous compreniez mieux la situation.

— D'accord, allez-y, j'ai tout mon temps.

— Nous nous sommes rencontrés dans le bar où vous m'avez vu, il y a de ça presque un an maintenant. C'était la première fois qu'il y venait et en le voyant débarquer avec son air timide cela m'a touché. Je suis allé le voir pour le mettre à l'aise et lui présenter mes amis présents, mais très vite, nous nous sommes retrouvés à discuter à deux, et cela a duré jusqu'à la fermeture. C'était extraordinaire car nous nous trouvions plein de points communs. Après cette première soirée, il y en eut beaucoup d'autres, nous nous retrouvions au café et rentrions chez moi pour finir la nuit et il repartait au petit matin. Nous étions vraiment bien ensemble et nous sommes même partis plusieurs fois en week-end en

Europe et il y a trois mois de ça nous avons même fait un voyage au Maroc, ce sont les photos que vous voyez là.

— Comment faisait-il pour payer ses voyages ? Je ne sais pas si vous le savez mais il paraît qu'avec sa passion du jeu, il avait du mal à boucler ses fins de mois.

— Je connaissais parfaitement sa situation et son addiction au jeu et la plupart du temps, c'est moi qui payais pour nos voyages. Je suis propriétaire de mon salon de coiffure ce qui me procure de bons revenus et cela me faisait tellement plaisir de le voir heureux que ce n'était pas un problème entre nous.

— Je comprends mieux, allez-y, continuez vos explications.

— Un soir de début novembre, on s'est retrouvé au café et il était tout excité. Il venait de gagner un énorme jackpot, sur une "machine à sous", au casino d'Enghien-les-Bains et il disait que cela ne pouvait pas mieux tomber.

— Pourquoi disait-il ça ?

— Aucune idée, je ne savais pas ce qu'il avait en tête.

— Il avait gagné gros ?

— Oui, bien qu'il n'ait jamais voulu me dire le montant, cela avait l'air d'être important ! Avec cette manne tombée du ciel, il avait des projets de rénovation de sa vieille maison et surtout de grandes intentions pour nous. Il envisageait de partir plus souvent en week-end et il voulait même que d'ores et déjà, on arrête des dates pour partir en voyage en Égypte pour y voir les pyramides, c'était un rêve qu'il voulait accomplir.

— Tout avait l'air d'aller bien entre vous, alors pourquoi cette querelle aussi forte le samedi avant sa mort ?

— Oui, tout allait bien jusqu'à ce fameux soir et pourtant la soirée avait bien commencé. Nous avons reparlé de voyages, des villes et des pays que nous aimerions visiter, c'était merveilleux cette complicité entre nous, jusqu'au moment où il m'a appris qu'il avait fait le nécessaire pour se racheter du tort qu'il avait fait aux autres.

— Mais que voulait-il dire ? Et qui sont ces autres? A-t-il fait une allusion à des personnes en particulier ?

— Non, il n'a pas cité de noms et je n'ai pas cherché à en savoir plus sur ces personnes, mais je pense qu'il avait décidé de leur donner une partie de ses gains.

— Bien, mais excusez-moi d'insister. Cette dispute, elle arrive ou pas ?

— J'y viens. À cause des verres d'alcool que nous avions pris les uns derrière les autres, nos propos nous échappaient de plus en plus et je lui ai dit qu'il devait garder ce qu'il avait gagné pour notre couple plutôt que d'essayer de rattraper ses erreurs du passé car ce qui est fait est fait, et donner son argent n'y changerait rien. J'ai vu que je l'avais fortement contrarié quand il m'a dit qu'il faisait ce qu'il voulait et que si je n'étais pas content, c'était la même chose.

— Je comprends mieux maintenant.

— Et pourtant ce n'était que le début car la tension est montée d'un cran supplémentaire quand je lui ai dit qu'il avait tort de me dire ça et que bien au contraire, cette manne tombée du ciel était un signe du destin et que l'on devrait emménager ensemble dès maintenant, pour avoir la vie dont je rêvais pour nous.

— Pourquoi, cet avenir que vous lui proposiez lui faisait peur ?

— Beaucoup plus que je ne le pensais, car il a compris que cela signifiait de faire enfin son « coming- out ». Cela l'a mis en colère et il m'a dit que je savais bien qu'il ne se sentait pas la force de révéler son homosexualité.

— Et alors ?

— Et bien ce soir-là cela m'a énervé encore plus que d'habitude. C'est à ce moment que mes mots ont été horribles. Selon mes souvenirs, je lui ai dit qu'il avait honte de ce qu'il était, qu'il ne m'aimait pas assez pour se rendre compte que cela devenait insupportable pour moi et qu'il se complaisait dans sa vie médiocre de petit pédé refoulé et je ne sais plus quoi d'autre dans la même veine, c'était blessant et gratuit et je vais m'en vouloir toute ma vie.

— Vous y êtes allé un peu fort, non ?

— Oh oui, je ne m'en suis rendu compte qu'après coup.

— Comment a-t-il réagi ?

— Il est devenu tout rouge et m'a insulté. Bien sûr, j'ai répondu en l'insultant aussi, nous avons tous les deux le vin mauvais et nos engueulades ont toujours dégénéré assez vite, mais jamais aussi loin.

— Alors que s'est-il passé ?

— Il était fou furieux, il m'a dit que c'était fini entre nous et est parti aussitôt.

— Et après ?

— Le lendemain matin après avoir dessoûlé, je me suis rendu compte de l'énormité de ce qui s'était passé et des propos que nous avions tenus et je voulais rapidement aller le voir chez lui pour que l'on se réconcilie au plus vite, nous ne pouvions pas rester dans cette horrible situation.

— Pourquoi se déplacer alors que c'est plus simple de téléphoner pour s'expliquer ?

— C'est vrai que cela peut paraître plus simple, mais pour ce qui est important le téléphone est trop impersonnel à mes yeux, j'ai l'impression que les émotions ne passent pas. Et cette fois il fallait absolument que je lui parle face à face, nous étions vraiment allés trop loin.

— Vous vous étiez déjà rendu chez lui ?

— Non, je lui avais demandé plusieurs fois, mais il n'avait jamais accepté. Il avait trop peur d'être surpris par des voisins.

— Pourquoi y aller la nuit, alors que vous aviez toute la journée pour le faire ?

— Pour respecter son désir de ne pas être vus ensemble. De nuit, j'avais plus de chances que personne ne me remarque.

— Vous connaissiez son adresse ?

— Oui quand nous préparions nos week-ends et nos voyages nous avons dû plusieurs fois donner nos coordonnées et avec le GPS de la voiture, c'était facile de trouver comment m'y rendre.

— Donc vous partez en fin d'après-midi ce fameux dimanche et en arrivant au village, vous vous êtes arrêté au café pour boire quelques rasades de cognac, pourquoi ne pas y aller directement ?

— Ah, je comprends, c'est comme cela que vous avez su que j'étais passé dans le village, pourtant ils étaient bien occupés à regarder le match de foot qui passait à la télévision. C'est en passant devant que j'ai vu ce café ouvert et je me suis arrêté pour acheter des cigarettes et boire un ou deux verres d'alcool fort pour me donner la force d'aller le voir. Je redoutais quand même sa réaction en me voyant débarquer chez lui à l'improviste sans son aval.

— Et ensuite ?

— Ensuite, j'ai garé ma voiture à plusieurs dizaines de mètres de son impasse et j'ai fait discrètement le reste du chemin à pied. Je suis arrivé devant chez lui, j'ai poussé doucement le portail et je suis allé jusqu'à sa maison. Aucune lumière n'était visible du dehors, mais comme sa voiture était devant, j'ai présumé qu'il était là. J'ai sonné et toqué à sa porte pendant de longues minutes.

— Alors vous lui avez parlé ?

— Non, il ne m'a jamais répondu. Je me suis même permis d'essayer d'ouvrir la porte mais elle était fermée à clé. Alors, j'ai patienté une dizaine de minutes le temps de fumer une cigarette en me disant qu'il était parti voir un voisin ou faire une balade et qu'il allait bientôt revenir, mais non, il n'est jamais rentré chez lui, alors je suis reparti.

— Quelle heure était-il ?

— Vers dix-huit heures trente.

— Personne ne vous a vu ?

— Non, il y avait bien de la lumière dans toutes les maisons autour, cependant je suis persuadé que personne ne m'a vu ni entendu avec les téléviseurs du voisinage qui diffusaient en direct le match de football et créaient ainsi un bruyant fond sonore.

— Si personne ne vous a vu, alors rien ne me prouve que vous me dites la vérité et que vous êtes parti à cette heure. Et c'est un problème pour vous, car nous ne sommes plus sûrs que cela soit un suicide !

— Pas un suicide, que voulez-vous dire ? C'est un accident ? Devant mon manque de réaction « ce n'est quand même pas un meurtre ? »

— Nous n'écartons pas cette possibilité, et dans ce cas, qui me dit que ce n'est pas vous ? Tout le prouve, des témoins vous ont vu dans le village et vous me dites que vous vous êtes présenté chez lui dans la fourchette de l'heure du décès estimée par le médecin légiste.

— Mais, pour quelle raison j'aurais fait ça ?

— Querelle d'amoureux, n'oubliez pas que l'on vous a vu vous disputer méchamment le samedi soir au café.

Ses yeux se remplirent de larmes, il était blanc comme neige, il poursuivit :

— Mais je vous jure que je vous dis la vérité. Quand j'ai sonné et appelé, personne ne m'a répondu et après avoir attendu quelques minutes, je suis rentré directement chez moi.

— Quand avez-vous appris sa mort ?

— Le mercredi, en téléphonant à son travail. Puisque je n'arrivais pas à le joindre sur son téléphone, j'ai pensé qu'il ne voulait plus me voir ni me parler et le contacter à l'usine était la solution pour forcer le dialogue.

— Pourquoi ne pas m'avoir raconté toute votre histoire la première fois que j'ai voulu vous parler ?

— Je ne voulais pas que l'on sache qu'il était homosexuel, par respect pour son choix.

— Une dernière question, saviez-vous que Laurent avait un cancer du foie à un stade avancé ?

Il me regarda d'un air effaré, les yeux grands ouverts.

— Comment ça ? Un cancer du foie ? Il ne m'en a jamais parlé !

— Il n'a jamais eu de douleurs au ventre devant vous ?

— Si, c'est vrai, il avait régulièrement de fortes douleurs au ventre avec des nausées et des vomissements. Et il a eu une grosse crise lors de notre voyage au Maroc, il était plié en deux de douleurs et j'ai dû l'amener de force aux urgences à l'hôpital de Rabat car il refusait de consulter un médecin de ville. Ils l'ont gardé une journée et une nuit pour des examens poussés et il est ressorti le lendemain en me disant qu'ils ne lui avaient rien trouvé, que c'était certainement un aliment qui l'avait rendu malade.

Il s'arrêta de parler, plongé dans ses réflexions, puis il m'exposa sa pensée en parlant très vite d'une voix proche de l'hystérie.

— Mais, avec tous ces examens, il est impossible aux médecins marocains de ne pas avoir vu son cancer, cela veut dire qu'ils ont dû l'aviser de leur affreuse découverte. C'est horrible, il a gardé le secret sur son état tout ce temps alors que j'aurais pu le soutenir jusqu'à sa guérison !

— Vous n'avez pas vu de symptômes ?

Les yeux pleins de larmes et la voix pleine de regrets :

— Mais si, bien sûr, j'ai été vraiment un idiot, il avait beaucoup maigri ces derniers temps et quand je le lui faisais remarquer, il me disait qu'il faisait un régime et j'y ai cru ! Le pauvre il n'a pas dû supporter d'avoir cette horrible maladie qui le rongeait, c'est ça la cause de son suicide et non votre histoire rocambolesque de meurtre qui serait la cause de sa mort.

— Oui peut-être. Vous n'avez rien d'autre à me dire ?

— Non, rien d'autre. Je suis juste bouleversé par ce que vous venez de m'annoncer.

— Je comprends que cela doit être un choc pour vous.

Je me levai.

— Bien, je vais vous laisser. Si vous vous souvenez d'un détail quand vous êtes allé chez lui, n'hésitez pas à m'appeler, voici mon numéro. Et je posai une de mes cartes de visite sur sa table.

Il me regarda avec étonnement.

— Qu'est-ce que je fais maintenant ? Je me rends à la police ?

— Non, vous n'avez aucune raison de vous sentir coupable car j'ai le sentiment que vous me dites la vérité.

Il se leva, m'accompagna jusqu'à sa porte et après une brève poignée de main, je le quittai sans un mot.

Sur la route de retour, je repensai à cette conversation, c'est vrai qu'il était un suspect idéal. Il aurait pu ce soir-là commettre ce crime après une nouvelle querelle aussi violente que la veille et l'avoir maquillé en suicide, mais je n'y croyais guère.

J'avais quand même obtenu les raisons qui avaient poussé Laurent à autant se saouler dans la journée du dimanche, car il ne devait pas vraiment se sentir bien après cette dispute, mais surtout je venais d'apprendre qu'il se savait atteint de ce cancer du foie. Mais ces révélations qui apportaient des réponses à quelques-unes de mes interrogations en posaient aussi de nouvelles.

Arrivé chez moi, je mis à jour mon tableau d'enquête avec tous les éléments nouveaux de cette riche journée et pendant une bonne partie de la nuit, je m'acharnais à essayer de reconstituer ce puzzle.

Chapitre 10

Le lendemain matin, je téléphonai à Germaine.

— Bonjour, Germaine, c'est Gil, votre détective privé. Comment allez-vous ?

— Bonjour, Gil, je vais très bien, merci. Alors votre enquête avance ?

— Elle avance doucement. Justement, je voulais vous demander si c'était possible d'avoir les clés de chez Laurent, j'aimerais y refaire une visite.

— Oui, bien sûr, nous pouvons nous y retrouver.

— Non, vous n'avez pas besoin de venir, je ne sais pas pour combien de temps j'en aurai et je ne veux pas vous faire perdre votre temps à m'attendre.

— D'accord, quand pouvez-vous venir les chercher ?

— Si cela ne vous embête pas, j'aimerais les prendre tout de suite. Regardez par la fenêtre, je suis devant chez vous. Je promenais mon chien dans les rues du village et en passant devant votre impasse, je me suis dit que je pouvais en profiter pour aller jusque chez Laurent pour faire une nouvelle visite.

— Ah oui, je vous vois. Entrez, le portail n'est pas fermé à clé.

J'entrai dans le jardin et allai jusqu'à la porte qui s'ouvrit à mon arrivée.

— Entrez, vous avez bien cinq minutes pour prendre un petit verre d'apéritif !

— Un apéritif ? Ce n'est pas encore l'heure pour ça.

— Mais si, il y a bien un endroit dans le monde où c'est l'heure de l'apéro. Ne les laissons pas boire seuls. *(On ne me l'avait jamais fait celle-là ! ☺)*

— D'accord, un tout petit verre, juste pour vous accompagner.

Je la suivis jusque dans sa salle à manger où elle ouvrit un compartiment de son buffet qui était rempli de bouteilles d'apéritif et d'alcools en tous genres. À mon regard interrogateur, elle voulut se justifier.

— C'est à mon défunt mari qui aimait bien de temps en temps boire un petit coup et qui m'en a donné l'habitude. Je vais vous faire goûter une de ses recettes à base de vin, de myrtilles, de sucre, de cannelle et de clou de girofle, vous m'en direz des nouvelles !

Cela avait l'air d'être une activité courante dans le coin de fabriquer ses boissons alcoolisées et le défunt mari avait bon dos. Elle poursuivit :

— J'en bois de temps en temps pour me réconforter.

Bien sûr, on la croit et vu la façon dont elle nous servit deux verres pleins à ras bord, cette bouteille ne ferait pas la semaine.

— À la vôtre, me dit-elle avant de s'enfiler prestement une bonne partie de son verre.

— À la vôtre, répondis-je et je goûtai la préparation qui, ma foi, n'était pas mauvaise du tout, pour ne pas dire bonne, il faudra que je cherche la recette sur internet.

— Qu'avez-vous à voir chez mon neveu ?

— Rien de vraiment précis. Je voudrais regarder de nouveau un peu partout, voir si je ne suis pas passé à côté d'un indice.

— Mais vous avez eu déjà le béret de Gustave, ça, c'est un bel indice. Vous l'avez bien donné aux gendarmes comme prévu ?

— Non pas encore.

— Pourquoi ne l'avez-vous pas encore fait ? C'est quand même la preuve qu'il était avec lui dans la cuisine le soir de sa mort.

— Je ne sais pas, j'attends de trouver d'autres indices ou preuves pour confier le tout aux gendarmes.

Elle me dit d'un air mécontent :

— Je crois que vous perdez votre temps à essayer d'en trouver d'autres, vous devriez porter ce béret tout de suite à la gendarmerie et les laisser reprendre leur enquête sur la base de cette nouvelle piste !

Elle finit son verre, se leva et fouilla dans un tiroir d'un petit meuble bas.

— Tenez, voici les clés.

C'était clair, elle n'était pas satisfaite de mes réponses et mettait fin à notre conversation. Je finis rapidement mon verre, me levai et pris le trousseau de clés qu'elle me tendait.

Je lui demandai :

— Vous allez toujours voir ma grand-mère en fin de matinée ?

Elle me répondit sèchement.

— Oui comme tous les jours, vous savez bien que j'y passe toutes les fins de matinée pour bavarder avec elle avant d'aller chercher le pain.

— Je dois aussi aller chez elle en fin de matinée, je vous rendrai les clés à ce moment-là.

— Bien, on fait comme ça.

Je quittai au plus vite la maison, où manifestement je n'étais plus le bienvenu et je fis le chemin vers le bout de la rue jusqu'à la maison de Laurent, non sans être arrêté à nombreuses reprises par mon Léon qui avait bien senti la présence des deux superhéros canins du coin et histoire de les narguer, mettait un point d'honneur à mettre sa marque odorante sur chaque poteau qu'il croisait, il était comme ça mon Léon, un peu cabotin.

Dans la maison, rien n'avait bougé. Le temps s'était complètement figé comme les mares de sang devenues encore un peu plus sombres sur le sol et la table de la cuisine. Je vérifiai les points précis pour lesquels je voulais revenir dans cette maison et après avoir noté ces nouvelles informations sur mon calepin, je repris ma voiture pour aller voir le notaire avec qui j'avais pris rendez-vous tôt le matin.

Après cette intéressante entrevue, je passai quelques coups de fil à la recherche de renseignements ou de confirmations de certaines de mes déductions puis je rejoignis la maison de ma grand-mère.

En arrivant, je sonnai et j'entendis sa voix : « Entre, nous sommes dans la cuisine. » Je les trouvai toutes les deux à papoter gentiment devant l'obligatoire café bien chaud.

— Ah ! Te voilà, tu en as mis du temps pour revenir, tu as laissé ton chien dans ta voiture ?

— Oui.

— Pauvre bête, toujours enfermée !

— Mais c'est toi qui ne veux pas de lui chez toi !

Comme d'habitude, elle ne répondit pas. Sympa pour mon pauvre Léon au froid dans la Clio !

Je m'avançai dans la pièce et en m'adressant à Germaine :

— Voici les clés de chez Laurent, je vous remercie de m'avoir laissé inspecter de nouveau la maison.

— Alors vous avez trouvé un autre indice ou même un deuxième béret ?

Je sentis une pointe d'ironie, m'indiquant que la tension entre nous n'était pas encore retombée.

— Je ne cherchais rien de particulier, c'était plus une vérification de ce que j'avais noté lors de notre précédente visite.

— Rien de plus, comme je m'y attendais !

Je ne savais quelle réponse lui donner, ma grand-mère m'aida involontairement en m'adressant la parole.

— Installe-toi pour prendre un bon café avec nous.

Je pris place à table et elle me servit son renommé "bon café" puis me montra une assiette pleine de petits beurre LU posée sur la table.

— Allez, sers-toi. Ils sont bons et naturels sans additifs ni huile hydrogénée que l'on trouve maintenant dans la plupart des autres biscuits.

Je pris un gâteau sec, et à la mode de chez nous, je commençai à le tremper tranquillement dans mon café quand grand-mère me lança vertement :

— Germaine me dit que tu n'avances pas dans ton enquête et que tu n'as toujours pas donné le béret que tu as trouvé aux gendarmes, qu'est-ce que tu attends ? Il faut maintenant qu'ils interrogent rapidement Gustave.

Germaine l'avait bien chauffée en m'attendant.

— Oui, c'est vrai, à première vue j'ai l'air de piétiner un peu … Pas le temps de finir ma phrase qu'elle m'attaqua bille en tête.

— Ben oui ! Tu piétines et pas qu'un peu. Cela ne m'étonne pas, tu vois que tu aurais dû nous écouter et continuer ton métier plutôt que de tout lâcher pour te lancer dans cette aventure grotesque de détective privé, tu n'es probablement pas doué pour ce métier, et maintenant cela m'embête d'avoir conseillé à Germaine de t'engager pour cette affaire !

— Désolé Grand-mère, pourtant je t'assure que j'ai fait de mon mieux. D'ailleurs, si vous voulez, je vous dis ce que j'ai trouvé.

— Ah oui, je veux bien, s'écria Germaine et d'un ton mauvais « on se doute que cela sera rapide ! »

— Oui, dis-nous ce que tu as appris que l'on ne connaît pas déjà, surenchérit Grand-mère.

Plus de doutes, mon auditoire était bien remonté contre moi ! Cela me stressa un peu mais après une bonne inspiration, je me lançai en m'adressant à Germaine :

— Comme vous me l'avez demandé, je suis parti de l'hypothèse que le décès de Laurent, malgré le rapport de gendarmerie affirmant le contraire, pouvait être un meurtre. Il fallait alors que je recherche qui pouvait être suspecté.

— Oui, c'est évident.

— Lors de mes investigations, j'ai rencontré plusieurs personnes que l'on pourrait considérer comme suspectes.

— Lesquels ?

— Gustave son voisin, Christelle, son ancienne petite amie, un certain Johnny, son créancier épisodique, Franck avec qui il travaillait dans la même équipe à l'usine et sans oublier le dernier, un de ses amis qui est inconnu de tous dans le village.

— Un ami que personne ne connaît ? Qui est-il ?

— Peu importe pour le moment. Voici donc, après cette rapide enquête, les personnes qui auraient pu en vouloir à Laurent.

— Eh bien je suis surprise, me dit grand-mère, je ne pensais qu'il y avait autant de gens qui pouvaient être suspectés de sa mort.

Je poursuivis mon explication :

— Et, si nous avons bien affaire à un meurtre, alors il fallait à ces personnes un mobile.

— Et ils en avaient ?

— Eh oui, c'est bien ça le problème. Les mobiles de Gustave avec son procès perdu et de Christelle, petite amie quittée avant leur mariage, vous sont connus. Pour Johnny, le mobile est financier puisqu'il n'avait toujours pas été remboursé de l'argent prêté.

En ce qui concerne Franck, il en voulait à Laurent qui, en tant que chef de son équipe à l'usine, lui rendait la vie difficile en lui refusant régulièrement ses demandes de congés et l'accusait de tous les problèmes rencontrés sur la chaîne de montage. Et pour finir, cet ami avec qui il avait eu le samedi soir avant sa mort une très violente dispute devant témoins et qui pouvait avoir du ressentiment à son égard. Voilà, vous connaissez maintenant ce que l'on pourrait considérer comme un mobile, pour chacun d'entre eux.

Ma grand-mère qui avait écouté sans rien dire jusque-là me fit un rare compliment.

— Eh bien, dis donc, tu as bien travaillé en fin de compte, je n'en reviens pas. En peu de temps, tu as fait mieux que les gendarmes.

Pas mécontent de ses louanges, je finis mon café devenu froid et repris.

— Avec les différents témoignages, j'ai pu reconstituer en partie les évènements de cette après-midi-là. Voulez-vous les connaître ?

— Bien sûr que cela nous intéresse ! s'écria Germaine.

— Voici quel a été le déroulement de cette après-midi particulière où, en même temps que se jouait la finale de la coupe du monde de football, il y a eu la mort tragique de Laurent.

Après une petite pause pour ouvrir mon calepin à la bonne page :

— Selon ses voisins, en début d'après-midi il tire avec ses vieux pistolets sur des bouteilles dans sa grange, il est déjà sous l'emprise de la boisson quand, aux alentours de quinze heures trente, Johnny arrive avec deux de ses gars pour réclamer l'argent qu'il lui a prêté. Cela ne se passe pas très bien et Johnny lui assène un violent coup de poing, expliquant l'œil au beurre noir du défunt décrit dans le rapport d'autopsie. Cette violente discussion contraint Laurent à retourner dans sa maison pour y chercher l'argent, remboursant sur le champ sa dette.

Après avoir récupéré leur dû, la bande de motards le quitte. Ensuite, Laurent retourne dans sa grange et continue de se saouler pour oublier la querelle du samedi soir qu'il a eue avec son ami puis il s'assoupit sur une chaise. C'est ainsi que le trouve Christelle peu de temps après. Il est tellement saoul qu'il est incapable de marcher seul, alors elle l'aide à retourner dans sa maison, l'installe sur la chaise dans la cuisine et la nuit commençant à tomber, elle ouvre la lumière. La discussion qu'ils auront sera de courte durée car le ton monte rapidement entre eux pour se terminer en une forte dispute qu'elle abrège en le quittant fâchée. Elle rejoint Franck qui était resté à l'attendre dans la voiture et ils repartent. Elle serait la dernière personne à l'avoir vu vivant.

Elles étaient toutes les deux suspendues à mes lèvres avec les yeux grands ouverts d'étonnement.

Je continuai sur ma lancée.

— Si les deux premiers visiteurs m'ont dit la vérité, alors la mort de Laurent est intervenue après leur passage, mais avant dix-huit heures trente, puisque c'est à cette heure que son ami est arrivé pour repartir quelques minutes après, sans l'avoir vu. Vous voyez, suivant le déroulement de ce qui s'est passé ce dimanche après-midi, je n'ai aucune preuve pour incriminer qui que ce soit d'un éventuel meurtre.

Germaine me dit :

— Mais, Johnny a pu revenir beaucoup plus tard dans la nuit et c'est pareil pour Christelle, elle pouvait le tuer avant de retrouver Franck dans la voiture, il n'y a pas de preuves qu'il était encore en vie après leur départ et c'est tout autant vrai pour

Gustave qui aurait pu aller dans la maison à n'importe quel moment après avoir vu les autres repartir.
Il ne faut pas croire tout ce que l'on vous raconte
mon pauvre, vous êtes bien trop crédule pour être
un bon détective privé.

— Oui, peut-être, mais ce que vous supposez est
impossible puisqu'aucune de ces personnes ne pouvait fermer la porte à clé en repartant, n'oubliez pas
que les gendarmes ont dû faire appel à un serrurier
pour ouvrir la porte qui était fermée à clé et que les
deux trousseaux ont été retrouvés à l'intérieur !

Elle réfléchit un moment :

— Mais il est envisageable qu'une de ces personnes ait réussi à faire réaliser un double des clés
bien avant, en ayant prémédité son crime. À ce moment-là, ils redeviennent tous suspects, vous voyez,
ce n'est pas compliqué.

— Mais il y a un problème de taille.

— Lequel ?

— Vous m'avez dit que c'est le père de Laurent qui a fait installer les serrures de sécurité sur la porte d'entrée.

— Oui, c'est vrai.

— Et ces clés ne peuvent être reproduites qu'avec une carte de propriété fournie avec les serrures au moment de l'achat, c'est ce que j'ai vérifié tout à l'heure en appelant le serrurier qui les avait installées. Cette précision prouve qu'aucun d'eux ne pouvait en faire une copie et qu'ils n'ont donc pas pu refermer la porte à clé. La mort de Laurent pourrait bien être un suicide en fin de compte.

Cela l'énerva :

— Pourtant nous avons bien une preuve matérielle que Gustave est allé chez Laurent. Vous auriez apporté ce béret aux gendarmes aussitôt après l'avoir découvert, je suis sûre qu'ils auraient déjà trouvé le fin mot de cette histoire de clés et arrêté Gustave.

— Sauf que d'après ce que j'ai appris cela ne semble plus un indice recevable.

— Comment ça ? Le béret n'est plus une preuve flagrante de la présence de Gustave dans la cuisine de Laurent ?

— Non, plus du tout. Selon ce que Gustave m'a dit, il l'a bien perdu, mais c'était au "café des sports" et bien après la mort de Laurent et ce jour-là tous les consommateurs présents l'ont cherché avec lui, sans le retrouver.

— Probablement qu'il ment.

— Non, je ne crois pas. Le patron du café a confirmé qu'il l'avait bien perdu dans son établissement le jour dit... Et en réfléchissant, il se pourrait que quelqu'un l'ait pris à ce moment-là.

— Quelle drôle d'idée vous avez là, qui aurait pu l'avoir pris ?

— Et bien vous, Germaine !

Elle se figea de surprise sur son siège, mais se reprit rapidement.

— Moi ? Votre grand-mère a raison, vous faites un piètre enquêteur.

— Vous ne pouvez pas nier que le jour de la disparition du béret, vous étiez bien présente au café en fin de matinée pour y acheter le pain, c'est votre routine journalière.

— Oui, peut-être, je ne m'en souviens pas !

— Et c'est en allant discuter avec Gustave que vous avez dérobé son béret qu'il place toujours dans la poche arrière de sa salopette, ensuite vous avez été le glisser, sous un meuble dans la cuisine de Laurent.

— C'est n'importe quoi vos accusations !

— Oh ! non et elles sont fondées. Le béret a été glissé sous le meuble bien après la mort de votre neveu et il n'y a que vous qui pouviez entrer dans la maison avec le deuxième trousseau qui vous a été remis par les gendarmes à la fin de leur enquête.

À sa tête, je vis que j'avais touché juste, mais après quelques instants, elle reprit ses esprits et me regarda furibonde :

— Et pour quelles raisons aurais-je fait ça ?

— Tout simplement pour faire accuser Gustave, afin que la gendarmerie reclasse le suicide en meurtre.

— Ça, c'est la meilleure ! Et quel était mon intérêt de vouloir changer le résultat de leur enquête ?

— Certainement pour de l'argent.

— C'est complètement idiot ce que vous insinuez. De l'argent, je n'en manquerai pas quand j'aurai touché l'héritage de mon neveu, vous oubliez que je suis sa seule famille. Meurtre ou suicide, cela ne change rien pour moi.

— Oui, c'est vrai, alors pourquoi vouloir faire croire à un meurtre plutôt qu'à un suicide. Ce n'était pas évident à découvrir, je vous l'avoue. Hier soir, en relisant mes notes, je me suis rendu compte que dès le premier jour, j'avais eu devant moi la possibilité de connaître la raison que vous aviez de vouloir changer les conclusions de l'enquête de gendarmerie, c'est pourquoi je tenais à retourner dans la maison de Laurent pour vérifier ma supposition.

— Pfut ! Expliquez-nous alors !

— D'accord, mais avant de poursuivre, il y a une information capitale à connaître et qui donne les réponses à beaucoup de questions que cette affaire posait. J'ai appris que contrairement à ce que je pensais, Laurent était bien informé de son cancer du foie mentionné dans le rapport d'autopsie. Il l'avait appris lors d'un voyage au Maroc où il avait été hospitalisé. N'ayant trouvé aucun document sur cette maladie chez lui, j'en ai déduit que lorsqu'il est rentré en France, il n'a pas voulu entamer les lourds soins que lui imposerait cette maladie, c'est pourquoi il n'a vu aucun médecin et n'a fait faire aucun examen, ainsi personne ne le savait.

Ma grand-mère ajouta :

— C'est vrai que je l'avais trouvé amaigri ces derniers temps avec le teint un peu jaunâtre.

— Oui, malheureusement, c'était pour cette raison.

Germaine insista

— D'accord, mais cela n'explique pas pourquoi vous m'accusez.

— Attendez j'y arrive. Maintenant que vous avez cette information essentielle sur la maladie de Laurent, voici la situation dans laquelle il se trouvait. Début novembre, il a gagné un gros jackpot au casino, il s'est dit qu'il pouvait vivre à fond le peu de temps qu'il lui restait à vivre et qu'en plus il avait les moyens de réparer ses mauvaises actions du passé. Il y a deux raisons pour lesquelles il s'en voulait vraiment. La première, c'est qu'il regrettait d'avoir volé la part de l'héritage de votre mère qui vous revenait. Et la deuxième raison de s'en vouloir c'était d'avoir fait du tort à Christelle en lui faisant croire qu'il allait l'épouser avec tout ce qui en a découlé financièrement pour elle.

— Ah maintenant, vous aussi vous y croyez qu'il m'a volé ma part d'héritage ! Mais s'il s'en voulait autant, pourquoi ne nous a-t-il rien donné tout de suite puisqu'il en avait désormais les moyens ?

— Mais il avait bien l'intention de vous donner à toutes les deux, une partie de ce qu'il avait gagné. Néanmoins, il avait la volonté, inscrite récemment dans son testament, de donner sa maison en héritage à son ami, sauf qu'il voulait la lui léguer en bon état et c'est pour cette raison qu'il a entamé les travaux de rénovation. Dans le même temps, il voulait profiter au maximum avant sa mort de cette manne tombée du ciel, en voyageant à travers le monde. Cependant, malgré la grosse somme d'argent qu'il avait gagnée, ça lui était impossible financièrement de mener à bien tous ses projets. C'est alors qu'il a eu une idée pas très honnête, il faut le dire.

Afin de ménager le suspense, je demandai à grand-mère :

— Je peux avoir un autre bon café ?

— Oui, bien sûr et elle se pressa pour resservir une tournée générale et se rassit prestement.

Je bus doucement mon café, ce qui eut don de les énerver toutes les deux et grand-mère insista:

— Explique-nous quel était "son idée pas très honnête ?"

— C'est tout simple. Il a profité du fait que sa maladie n'était pas déclarée officiellement pour contracter une assurance décès, dont les bénéficiaires étaient Germaine et Christelle, comme cela, à sa mort, il réparerait le préjudice qu'il leur avait fait subir. Bien sûr, quand il a informé le notaire de ce contrat d'assurance décès, il s'est bien gardé de lui révéler sa maladie, ne voulant pas dévoiler que ce contrat était basé sur une fausse déclaration. Comme le montant était important, l'assurance lui a fait passer quelques examens médicaux de base et ceux-ci n'ont trouvé qu'une cirrhose débutante dont j'ai trouvé le résultat de l'analyse chez lui et la compagnie a bien voulu l'assurer en lui faisant payer une légère surprime. Ainsi, Laurent, par cette entourloupe, pouvait finalement faire tout ce qu'il souhaitait avant sa mort. Voilà maintenant, vous connaissez la situation telle qu'elle était au moment de son décès.

Grand-mère me questionna :

— Et alors, malgré toutes tes explications, on ne sait pas ce que tu as trouvé dans la maison qui t'a donné la raison de cette supposée manigance de la part de Germaine ?

— Cet indice se trouve toujours dans la cuisine parmi le courrier reçu par Laurent.

— Mais dites-nous ce que c'est au lieu de tourner autour du pot ! s'emporta Germaine.

— C'est tout simplement le courrier de l'assurance ! Je l'ai lu ce matin et comme je le pensais, celui-ci contient le contrat signé avec une lettre détaillant de ce que je viens de vous apprendre concernant la surprime, il confirme la prise d'effet dudit contrat après le mois légal de rétractation et atteste du premier versement de validation que Laurent a fait. Et conformément à cette assurance décès, il devait vous revenir à sa mort la somme de trois cent mille euros ainsi qu'à Christelle.

Germaine me dit :

— Je peux vous affirmer que je ne savais pas qu'il avait pris une assurance décès pour nous.

— Bien sûr que si ! Comme me l'avait dit grand-mère, il y a quelques jours vous êtes allée chez le notaire pour discuter de la succession et je présume que c'est à cette occasion qu'il vous a parlé de cette assurance et vous a dit qu'il ne vous restait que les terres agricoles en héritage puisque Laurent avait légué par testament sa maison à un ami.

— C'est complétement faux et de toute façon, vous ne pouvez pas savoir de quoi nous avons discuté, puisque le notaire est tenu au secret professionnel.

— Oui, c'est vrai qu'il est tenu au secret. Cependant, je suis allé le voir ce matin et il m'a confirmé ce que je venais d'apprendre sur le contrat d'assurance. Quand je lui ai dit qu'en vous ayant dévoilé l'information sur cette assurance décès, il serait complice de votre tentative de faire accuser Gustave du meurtre de Laurent, alors il a bien voulu me dire tout ce qu'il vous avait indélicatement appris concernant son testament.

Germaine ne disait plus rien, mais si ses yeux avaient été des revolvers, comme dit dans la chanson, je prenais deux balles.

C'est grand-mère qui, suivant activement ce que je disais, me dit :

— Attends, cela n'explique toujours pas pourquoi tu penses que Germaine aurait voulu modifier les conclusions du rapport de la gendarmerie ?

— J'y arrive. Le notaire qui venait de recevoir tous les documents a fait part à Germaine des clauses d'exclusion pour toucher cette assurance et l'une d'elles est l'annulation de tout versement en cas de suicide de l'assuré dans l'année suivant la souscription. Elle s'est alors rendu compte qu'elle n'avait plus aucune chance de toucher cet argent et il ne lui restait alors qu'une solution : apporter une preuve aux gendarmes de la présence d'une tierce personne lors de la mort de Laurent qui pourrait les amener à penser que c'est un meurtre plutôt qu'un suicide et, si possible, trouver un assassin crédible ! C'est pourquoi Germaine a essayé maladroitement de faire accuser Gustave en faisant découvrir par un détective inexpérimenté son béret sous un meuble de la cuisine.

Ma grand-mère lui demanda :

— Germaine, tu n'as pas fait ça ?

Énervée, elle lâcha :

— Oui c'est vrai, il faut me comprendre, comme il avait légué sa maison à un inconnu, il ne me restait plus grand-chose en héritage et son suicide m'empêchait de toucher cette assurance. Ça m'a chamboulée d'apprendre ça et je n'ai eu que cette idée pour essayer de faire changer la conclusion de l'enquête des gendarmes !

— Mais ce pauvre Gustave, tu voulais quand même le faire accuser d'un meurtre !

— Oui, j'en suis consciente maintenant et je le regrette, c'était idiot de ma part !

Ma grand-mère se tournant vers moi :

— En fin de compte, tu as eu raison de ne pas avoir donné ce béret aux gendarmes, tu les aurais conduits sur une fausse piste. Tu as été perspicace sur ce coup.

— Oui, mais tu sais, j'ai eu tout de suite des doutes quand j'ai rencontré Gustave, car avec le froid qu'il fait dehors, il ne serait jamais sorti de la cuisine sans son béret et puis Germaine était trop pressée que je l'apporte à la gendarmerie, son comportement m'a paru étrange.

— On peut saluer quand même, le travail des gendarmes qui avaient bien déterminé la cause du décès de Laurent.

Germaine resta coite, courbant le dos sans bouger sur sa chaise, digérant difficilement que son plan ait été déjoué. Pour sa part, grand-mère, tout à la joie de cette conclusion, somme toute bienheureuse, annonça :

— Bon, tout est bien qui finit bien, je vais resservir une tournée de café et je vais ouvrir un autre paquet de petits LU.

Grand-mère était vraiment contente et cela se voyait. Pour elle, sortir de son placard un deuxième paquet de gâteaux secs, c'était vraiment la fête, l'équivalent de "Champagne pour tout le monde !!!" pour nous autres.

Est-ce vraiment la **FIN ...?**

Chapitre 11

Après nous avoir servi une nouvelle rasade de son café brûlant et rempli généreusement l'assiette de gâteaux secs, grand-mère me dit :

— C'est bien que ton enquête ait confirmé que Laurent s'est bien suicidé, un meurtre dans le village c'était inconcevable !

— Eh bien non grand-mère, je n'ai absolument pas confirmé le suicide parce que c'est bel et bien un meurtre !

— Ce n'est pas vrai quand même ! Pourquoi dis-tu ça ?

— Tu te rappelles que suivant le rapport du médecin légiste il ne faisait aucun doute qu'il s'agissait d'un suicide. Il s'appuie sur deux éléments. Le premier, c'est que l'arme qui l'a tué était à bout touchant, c'est-à-dire que l'arme touchait sa tempe au moment du coup de feu, le deuxième, le plus important, c'est qu'il y avait des traces de poudre sur sa main qui tenait toujours le pistolet lorsqu'ils l'ont découvert, prouvant que c'est bien lui qui l'avait utilisé.

— Oui, je me rappelle bien de l'avoir lu, me dit grand-mère mais il n'y a rien de nouveau.

— Je sais, mais ce qui n'est pas dans le rapport c'est que Laurent a utilisé ses deux pistolets dans l'après-midi, il avait donc déjà des traces de poudre sur la main quand il est rentré dans sa maison. Main qu'il ne pouvait pas laver dans sa cuisine puisqu'il n'y avait pas d'eau au robinet puisque la plomberie n'était pas encore raccordée et qu'il était bien trop saoul pour monter à l'étage dans la salle de bains.

— Qu'est-ce que cela veut dire ?

— Ça veut dire que l'un des éléments essentiels prouvant le suicide n'est plus sûr à cent pour cent et que donc l'éventualité d'un meurtre devient possible.

— Et alors, cela ne prouve pas qu'il a été assassiné, il y a toujours une incertitude.

— Non, c'est certain qu'il s'agit d'un meurtre. C'est le témoignage du dernier visiteur de Laurent qui m'a permis de récuser complètement la thèse du suicide. Quand il est arrivé, la maison était plongée dans le noir, aucune lumière n'était visible et n'oublions pas que la nuit était tombée au moment du coup de feu qui a tué Laurent. S'il s'était suicidé, la lumière de la cuisine serait restée allumée, CQFD. Ce détail a échappé aux gendarmes car il faisait jour le lundi matin quand ils ont retrouvé le corps.

— Tu as raison, ce n'est pas logique d'éteindre la lumière avant de se suicider, mais alors as-tu une idée de qui pourrait l'avoir tué ?

— Oui, je pense savoir qui l'a assassiné.

En me tournant vers Germaine.

— C'est tout simplement vous Germaine !

Elle écarquilla les yeux d'étonnement.

— Je viens de vous avouer que c'était bien moi qui avais caché le béret pour faire accuser Gustave, vous ne pensez pas qu'en plus, j'ai tué mon neveu ?

— Si, c'est exactement ce que je pense, car il y a un indice qui prouve votre présence le soir du meurtre.

— Lequel ?

— Je parle encore une fois de cette fameuse lumière de la cuisine. Je me suis rappelé que lorsque nous avons visité la maison et que je vous ai demandé de l'allumer, vous n'avez pas hésité un seul instant, vous êtes directement allée dans le couloir pour manœuvrer l'interrupteur, alors que vous veniez de me dire que vous n'étiez pas revenue dans cette maison depuis la mort de votre sœur.

— Oui, et alors ?

— Et il n'y avait que deux personnes qui connaissaient le nouvel emplacement de cet interrupteur, Christelle qui l'a découvert quand elle a aidé Laurent à regagner sa cuisine et vous, qui après avoir tiré sur Laurent, avez machinalement éteint la lumière en quittant la cuisine, j'avais remarqué cette obsession que vous avez sur les lumières qui restent allumées lors de la même visite.

— De toute façon cela ne prouve rien. Vous venez de nous dire que la porte était fermée à clé et que c'est impossible d'en faire des doubles. Comment aurais-je pu la fermer à clé après mon soi-disant meurtre, je n'ai eu un trousseau de clés qu'après la fin de l'enquête de gendarmerie, vous nous l'avez même rappelé tout à l'heure !

— C'est vrai ce que vous dites. Cependant le serrurier m'a confirmé que ce genre de serrure de sécurité est livrée avec trois jeux de clés, ce qui est logique puisque votre beau-frère de son vivant devait bien en avoir un. Ce détail m'a amené à me rappeler ce que vous m'aviez raconté à propos du chat de votre sœur.

— Le chat de ma sœur ?

— Oui, c'est vous qui m'avez dit que lorsqu'elle et Laurent partaient en vacances, vous alliez chez eux donner à manger à "Mimi". Vous avez certainement gardé ce troisième trousseau de clés. Je me trompe ?

D'un ton hargneux, elle me lança :

— C'est n'importe quoi ! Et pour quelle raison l'aurais-je tué, expliquez-nous votre incroyable théorie.

— Bien volontiers.

Je fis une petite pause le temps de boire mon café et repris mon exposé devant un auditoire attentif.

— Voici comment on peut imaginer le déroulement des faits. Habitant au début de l'impasse, vous avez entendu Johnny et sa bande arriver sur leurs motos pétaradantes puis repartir un peu plus tard. Ensuite, cela a été le tour de Christelle dans la voiture de Franck de passer devant chez vous pour aller, eux aussi, chez Laurent. Et cela a duré assez longtemps avant qu'ils ne repartent. Je suis dans le vrai ?

— Oui, peut-être, et alors ?

— Alors, pensant que Laurent, maintenant qu'il en avait les moyens, était en train de régler ses contentieux, vous vous êtes dit que c'était le bon moment de lui demander de vous rendre la part de l'héritage de votre mère. Vous êtes partie chez lui bien décidée à régler cette affaire une bonne fois pour toutes. Quand vous avez sonné à sa porte, il n'est assurément pas venu vous ouvrir car nous savons qu'il était complètement ivre et il devait s'être rendormi après le passage de Christelle. Vous êtes alors entrée à sa recherche et l'avez trouvé dans la cuisine, assis sur une chaise et affalé sur la table en plein sommeil. Quand vous avez vu tous les travaux faits dans la pièce, cela a dû vous énerver encore plus. Je regardai fixement Germaine dans les yeux « Jusque-là, je suis toujours dans le vrai, n'est-ce pas ? »

Elle soutint mon regard inquisiteur, cependant je vis dans ses yeux que la transformation du Dr Jekyll en M. Hyde avait débuté. Je continuai sur ma lancée.

— Vous l'avez réveillé et il a dû être grandement étonné de vous voir chez lui, sauf qu'il venait de se quereller avec Christelle et devait être encore de très mauvais poil. À coup sûr, vous lui avez demandé qu'il vous rende l'argent qui devait vous revenir et là je me doute de ce qu'il a pu vous répondre.

Tel le démon sortant de sa boîte, Germaine, tout énervée, bondit de sa chaise et continua.

— Ce saligaud m'a dit en rigolant qu'après la mort de sa mère il avait découvert les lingots d'or et qu'il les avait vendus. Je me doutais bien qu'il m'avait menti depuis le début, et là, tout goguenard, il me l'avouait. Cela m'a mis dans une rage folle et ce qui s'est passé ensuite, c'est pour ainsi dire un accident.

Ma grand-mère qui s'était tue jusqu'alors ne put s'empêcher d'intervenir :

— Attends Germaine, ce n'est quand même pas toi qui as tué Laurent ?

Germaine la regarda d'un air étonné, comme si elle venait de se rendre compte de ce qu'elle venait de nous dire. Elle se rassit sagement, se recroquevilla sur sa chaise et répondit penaude.

— Si, sauf que je n'ai pas vraiment voulu ça.

— Pourquoi dis-tu que c'est un accident ?

— Parce que, quand il m'a dit qu'il fallait que je sois patiente parce qu'il avait soi-disant fait ce qu'il fallait pour me rembourser, cela m'a encore plus énervée, pour moi il me mentait encore. Alors, dans un état second, j'ai pris un des pistolets qu'il y avait dans une boîte en fer sur la table et pour lui faire peur, j'ai mis le canon sur sa tempe. Ça l'a dessoûlé d'un coup et il m'a dit que je n'étais qu'une vieille folle puis a commencé à m'insulter. Sous ce flot d'injures et sans vraiment le vouloir, je me suis crispée, le coup est parti tout seul et il s'est écroulé sur la table. Alors j'ai paniqué et sans même vraiment y réfléchir, j'ai mis l'arme dans sa main pour faire croire qu'il s'était donné lui-même la mort et je suis rentrée très vite chez moi. Voilà comment cela s'est passé.

— Et vous avez eu de la chance que ce soit pendant la finale de la coupe du monde de foot, le bruit du coup de feu a été couvert par le son des téléviseurs du quartier et cela vous a permis de regagner votre maison sans croiser personne dans la rue. Quand avez-vous été mise officiellement au courant de la mort de votre neveu ?

— C'est un gendarme qui est venu me prévenir, le lundi dans l'après-midi et le mercredi ce même gendarme m'a donné les clés et m'a appris qu'ils avaient conclu que la mort de Laurent était un suicide, j'étais sauvée !

— Je présume qu'après le meurtre et dans l'affolement, comme pour la lumière, vous avez machinalement fermé la porte à clé derrière vous avec le troisième trousseau de clés en votre possession, que vous aviez pris en sortant de chez vous.

— Bien vu ! Vous êtes beaucoup plus malin que ce que j'avais présumé en écoutant votre grand-mère parler de vous. C'est vrai que dans la précipitation j'ai fermé à clé mais lorsque je suis rentrée à la maison, j'y ai repensé et je me suis dit que j'avais bien fait et que cela accréditait l'idée du suicide.

— Oui, et cela a bien fonctionné, les gendarmes y ont tout de suite cru. Maintenant vous devez aller les voir pour tout leur raconter et rétablir la vérité. Les juges seront cléments avec vous puisque vous dites que c'était un accident !

Elle s'était redressée sur sa chaise et l'on voyait bien à ses yeux pétillants qu'elle avait repris du poil de la bête.

— Pourquoi aller à la gendarmerie et m'accuser alors que vous n'avez pas de preuve matérielle à l'appui de ce que vous venez de nous raconter !

— Mais si, il y a ce mémorable troisième trousseau de clés, et nous allons facilement le trouver chez vous !

Elle sourit.

— Vous savez, je ne suis pas aussi idiote que vous pensez, depuis je me suis rendu compte que c'était une erreur d'avoir ce trousseau chez moi, alors vous vous doutez bien que je m'en suis définitivement débarrassée.

Ma grand-mère se leva de sa chaise furieuse :

— Mais nous sommes deux à t'avoir entendu nous dire que tu avais tué Laurent !

— Oui, peut-être, mais si vous allez chez les gendarmes avec votre histoire à dormir debout et en plus sans qu'ils trouvent le trousseau chez moi, ça va être difficile de prouver ma culpabilité, vous le savez bien !

Je repris la parole :

— Oui, c'est vrai que je n'ai malheureusement aucune preuve concrète de votre culpabilité… Mais j'avais envisagé cette possibilité et j'ai mis en place un autre moyen de vous confondre.

En me retournant en direction de l'entrée :

— Gendarme Julien, vous pouvez venir !

Il fit son entrée tout sourire. Je lui demandai :

— Vous avez bien tout enregistré comme je vous l'ai demandé.

— Oui, tout est dans la boîte, en nous montrant le petit enregistreur qu'il avait en main.

En me retournant vers Germaine :

— Je savais bien que je n'aurais aucune preuve concrète pour appuyer ma démonstration, il me restait juste à espérer qu'en vous présentant minutieusement tout ce que j'avais trouvé, vous nous avoueriez par dépit le meurtre de votre neveu. C'est pour cela que j'ai appelé le gendarme Julien pour qu'il nous rejoigne discrètement avec son enregistreur et pour cela à mon arrivée, je lui avais laissé la porte entrouverte. Vos aveux ont été au-delà de mes espérances.

Elle était tétanisée sur sa chaise, son visage était devenu livide et son regard hébété. Julien s'approcha d'elle, l'aida sans un mot à se mettre debout et il lui mit les bras dans le dos pour la menotter. Après un léger signe de tête à mon encontre, il l'accompagna vers la sortie.

Grand-mère était elle aussi dans tous ses états, elle était restée sans voix, aussi étonnée que Germaine de la scène finale qui venait de se jouer.

Je lui demandai d'un air anxieux :

— Ça va, tu tiens le coup ?

À ces mots, elle reprit conscience de la situation.

— Oui, ne t'inquiète pas, je vais m'en remettre mais pour l'instant je suis juste abasourdie. Tu te rends compte, ma meilleure amie est une meurtrière et elle a profité de moi pour t'appeler et nous inclure dans son plan diabolique.

— C'est fini maintenant, c'est sa cupidité qui l'a perdue et elle va payer pour ce qu'elle a fait et c'est dorénavant à la justice de déterminer si la thèse de l'accident qu'elle a prétexté est recevable. Excuse-moi quand même de t'avoir utilisée pour la confronter mais j'avais besoin d'un stimulant pour qu'elle soit encore plus sur les nerfs et involontairement tu as bien joué ton rôle.

— Je suis désolée d'avoir douté de toi. Mais j'y pense, maintenant que tu l'as fait arrêter, personne ne va te payer pour ton travail ?

— Pas de souci, j'ai prévu d'aller voir l'assureur et comme je suis celui qui a découvert la tentative de fraude de Laurent, je pense que j'arriverai bien à obtenir une prime pour cela.

Je me levai, pris le dossier d'enquête, et conformément à la promesse faite à Julien, le brûlai dans la cheminée du séjour. Finalement, ma première enquête avec un cadavre ne s'était pas trop mal passée, ouvrant pour moi de nouvelles possibilités.

FIN

Pour ceux qui commencent un livre par la fin.

(Oui, il y en a qui ont cette fâcheuse habitude !)

Le meurtre a été commis dans le grand salon par Madame Pervenche avec le revolver. Satisfait ?

Maintenant, faites comme les autres et commencez par le début.